DIAGRAMMING ENGLISH GRAMM

圖解式英文中級文法

看希臘神話，4週文法速成

邱佳翔◎著

高舉奧林匹亞的火炬，綻放勝利者的榮耀！

在希臘神話中孕育出豐碩的文法果實！

- 神話人物這麼說：以希臘神話故事為延伸學習點，賦予文法生命力，將文法重點生動化、更易學。
- 圖解文法，一眼就懂：摘要出學習重點並搭配文字解釋與Q&A階層圖，即刻了解學習內容，做有規劃性的學習。
- 文法概念解析：更深入了解圖解呈現中的文法概念，從學習重點做進階式的延伸學習，達到「視覺」與「記憶」同步強化的效果。
- 例句示範，特別提點：靈活運用文法於寫作中且不再寫出中式英文句子，在各大小考試中獲取佳績。

每週皆附學習進度表，每天按表閱讀，4週成為文法大神！

作者序

PREFACE

承襲第一本之寫作理念，本書持續以有關神話之短句作為學習範例，進行系統性的文法解析。本書的學習主軸有四，一是指出形容詞、副詞、名詞常見的學習盲點，二是說明常見基礎句型的基本架構，三是釐清進階句型的中心思維，四是點破常見的文法陷阱。希望在本書的輔助下，能讓具有一定基礎的英文學習者能以輕鬆學習的方式來提自身文法能力。

邱佳翔

EDITOR

我們在第一本的《圖解式英文初級文法》中介紹了基礎文法的概念與應用方法，緊接著第二本《圖解式英文中級文法》，我們將延伸基礎文法，討論更進階的語法概念！

初級文法主要著重在打根基，讓英文語法先自然而然地植入自己的腦海中，而中級文法就是讓自己功力再大增的時刻！本書延續了第一本書的四週文法練等課表，一樣每天花個十分鐘，讀讀課表安排的進度。在每個單元中，我們結合了希臘神話人物的短句和圖文的解說方式，先讓讀者一目瞭然文法的觀念，再詳列解析與例句。

學習語言就像在蓋一棟大樓，一開始先穩紮穩打地基，根穩了，才開始慢慢往上疊。樓層要蓋得高，建材就得備齊。相信透過本書協助，與前一本《圖解式初級文法》的輔佐，您的英語大樓必定能蓋得既穩固又安全！

編輯部

CONTENTS 目次

WEEK 1 突破字詞盲點

WEEK 2 釐清基礎句型構成

WEEK 3 搞定進階句型邏輯

WEEK 4 避開文法陷阱

使用說明

INSTRUCTION

按照每週規劃的課表，
打下紮實的文法概念！

WEEK 1

突破**字詞盲點**

MON	TUE	WED	THUR	FRI	SAT	SUN
1 名詞錯誤分析 2 代詞與虛詞	5 反身代名詞 6 指示代名詞	9 單位量詞 10 不定數量詞	13 情態助動詞 14 情緒形容詞／數量形容詞	17 程度副詞 18 情狀副詞	21 複合詞 22 片語	TAKE A BREAK
3 人稱代名詞 4 不定代名詞	7 疑問代名詞 8 關係代名詞	11 一般動詞 12 動詞補語	15 形容詞比較 16 頻率副詞	19 雙賓動詞 20 對等連接詞／附屬連接詞		

按照學習進度表，練等星星數，成為滿分文法大神！

★ Unit 1-[illegible] 英文中級小新手
★★ Unit [illegible] 英文中級小聰明
★★★ Unit 15-22 字詞中級文法小神通

按照進度累積練等星星數，
成為滿分文法大神！

【謬思女神的誕生】

名詞錯誤分析

神話人物這樣說

謬思是對掌管藝術科學九位女神的總稱。

Muses: We are the nine goddess who are in charge of science and arts, and muses is a general term people use to call us.

謬思：我們是九名掌管科學與藝術的女神，謬思是人們對我們的總稱。

圖解文法，一眼就懂

一般而言，可數名詞單數即為原貌，複數則加上 s 或 es，少數則為不規則變化，但在有些情況下，會加上 a 或 an 表單數，例如上面的 muses is a general term...，以及加上 the 表泛指。不可數名詞等同單數名詞，因此其後理應無法加上 s 或 es，但有少數不可數名詞可透過此法改變語意。

12

藉由希臘神話人物的故事，
搭配圖文解說，
馬上搞懂英文文法！

釐清文法觀念後，
再看應用例句和謬誤辨析，
輕鬆活用！

Week 1 突破字詞盲點

Unit 1｜【謬思女神的誕生】名詞錯誤分析

例句示範

1. My ideal job is to work as a secretary in this company.
   我的理想工作是在這間公司擔任秘書。
2. The committee has made a final decision.
   委員會已做出最終決定。
3. The jury has reached the consensus.
   陪審團已達成共識。
4. The business of the businesses in USA remains excellent this year.
   今年在美事業的表現依舊亮眼。
5. He uses canvas as his canvases to show his outstanding drawing skills.
   他以帆布做畫布以展現他高超的繪畫技巧。
6. Medicine and physics are two different subjects.
   醫學與物理是兩門不同的學科。

16

特別提點

知道怎麼應用 a＋單數可數名詞、the＋單數可數名詞，以及加 s/es 後語意不同的不可數名詞有哪些後，以下特別列舉 3 個會被我們誤用的句子，要小心避開這些文法錯誤喲！

- His dream job is to work as a sales representative.（他的理想工作是在這間公司擔任業務。）
  由於是找「一」份工作，所以須加上 a 來表達此一單數特性。
- Army is ready to fight back.（軍隊已準備好反擊。）
  army 為可數名詞，所以需加上 the 以表泛指。
- His works are to analyze the data and write reports.（他的工作是分析數據和撰寫報告。）
  work 表工作時為不可數名詞，所以其後不可加上 s，其後動詞要改單數 is。

1 突破字詞盲點

2 釐清基礎句型構成

3 搞定

WEEK 1

突破字詞盲點

MON	TUE	WED	THUR	FRI	SAT	SUN
1 名詞錯誤分析 2 代詞與虛詞	5 反身代名詞 6 指示代名詞	9 單位量詞 10 不定數量詞	13 情態助動詞 14 情緒形容詞／數量形容詞	17 程度副詞 18 情狀副詞	21 複合詞 22 片語	TAKE A BREAK
3 人稱代名詞 4 不定代名詞	7 疑問代名詞 8 關係代名詞	11 一般動詞 12 動詞補語	15 形容詞比較 16 頻率副詞	19 雙賓動詞 20 對等連接詞／附屬連接詞		

按照學習進度表，練等星星數，成為滿分文法大神！

★ **Unit 1-6** 英文中級小新手

★★ **Unit 7-14** 英文中級小聰明

★★★ **Unit 15-22** 字詞中級文法小神通

【謬思女神的誕生】

名詞錯誤分析

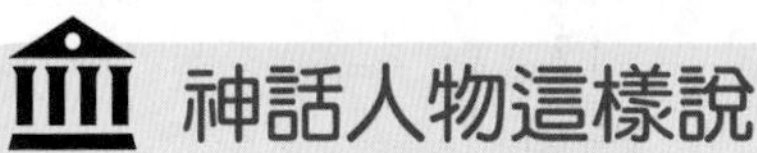

神話人物這樣說

謬思是對掌管藝術科學九位女神的總稱。

Muses: We are the nine goddess who are in charge of science and arts, and muses is a general term people use to call us.

謬思：我們是九名掌管科學與藝術的女神，謬思是人們對我們的總稱。

圖解文法，一眼就懂

一般而言，可數名詞單數即為原貌，複數則加上 s 或 es，少數則為不規則變化，但在有些情況下，會加上 a 或 an 表單數，例如上句的 muses is a general term...，以及加上 the 表泛指。不可數名詞等同單數名詞，因此其後理應無法加上 s 或 es，但有少數不可數名詞可透過此法改變語意。

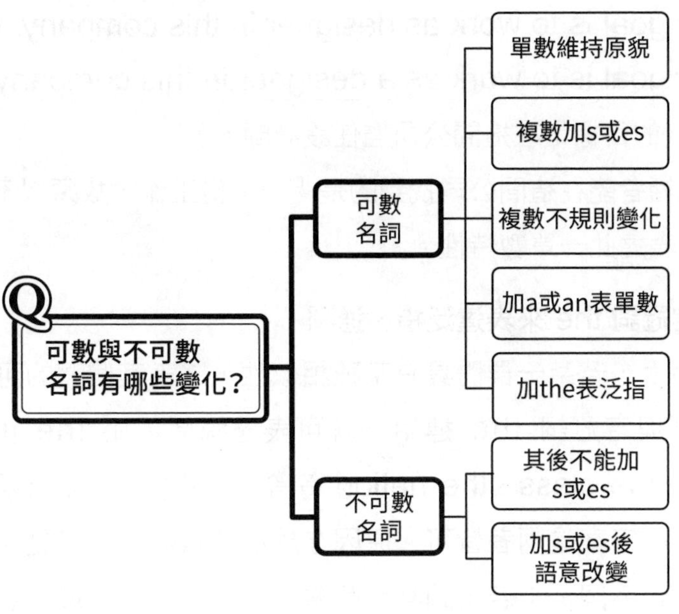

文法概念解析

在英文中，名詞可分為可數名詞與不可數名詞。若為可數名詞，單數形維持該字原貌即可，規則變化的複數形大多是於單數形後加上 s、es，不規則變化的則以改變字構所形成（如 foot 變成 feet），但有些可數名詞的單複數可透過與冠詞連用來表達，以下進一步舉例說明：

❶ 加上不定冠詞 a / an 來表單數

一般而言，當從前後文可判斷出應使用單數名詞時，應於該名詞前加上定冠詞，否則將形成文法錯誤，神話人物這樣說，...is a general term of... 中的 a 即為一例，以下進一步舉例說明不定冠詞如何表達單數特性：

例 My goal is to work as designer in this company.（×）
My goal is to work as a designer in this company.（○）
（我的目標是在這間公司擔任設計師。）

☞ 說話者能在這間公司找到的是「一」份工作，故須以不定冠詞 a 來表達此一單數特性。

❷ 加上定冠詞 the 來表達泛指、通稱

一般而言，若某一群體具有某種相似性，將表其個體的可數名詞的單數型與定冠詞 the 連用，就可表達統稱，如 the jury、the army、the class、the nation 等等。那這樣的通稱應視為單數還複數呢？答案是兩者皆可。原因在於為若強調其「群體性」，會視為「複數名詞」；若強調其「整體性」，則視為「單數名詞」，以下進一步舉例說明：

例1 The jury often hold different viewpoints to the evidence they hear.（陪審團往往對所聽到證據持不同的看法。）

☞ jury 是可數名詞，因此 the jury 可表達擔任陪審團人員的通稱。由於此句旨在說明各成員看法上有差異，著重「群體性」的表述，所以可視為「複數名詞」。

例2 The army is ready to fight with the enemy.（軍隊已經準備好要與敵人作戰。）

☞ army 是可數名詞，因此 the army 可表達軍隊的通稱。由於此句強調所有軍人皆一心抗敵，著重「整體性」的表述，所以可視為「單數名詞」。

就計數的角度來看，不可數名詞其後加上 s / es 應屬於錯誤用法，因為恆為單數。但就語意變化的角度來看卻是可行的，因為有些不可數名詞加上 s / es 後，其字義與原本單數形不同，以下以表格方式列舉符合上述規則的單字加以說明：

不可數名詞	中譯	不可數名詞+s / es	中譯
work	工作	works	作品
physic	醫學	physics	物理
canvas	帆布	canvases	畫布
damage	損害	damages	賠償金

例1 His work is to sell the works of young designers.（他的工作是銷售年輕設計師的作品。）

work 意為工作，屬於不可數名詞，但若於其後加上 s，則意為作品，兩者語意上有所不同。

例2 They are discussing the damages of the damage of the machine.（他們正在討論機器損壞所需支付的賠償金。）

damage 意為損壞，屬不可數名詞，但若於其後加上 s，則意為賠償金，兩者語意上有所不同。

例句示範

1 My ideal job is to work as a secretary in this company.

我的理想工作是在這間公司擔任秘書。

2 The committee has made a final decision.

委員會已做出最終決定。

3 The jury has reached the consensus.

陪審團已達成共識。

4 The business of the businesses in USA remains excellent this year.

今年在美事業的表現依舊亮眼。

5 He uses canvas as his canvases to show his outstanding drawing skills.

他以帆布做畫布以展現他高超的繪畫技巧。

6 Medicine and physics are two different subjects.

醫學與物理是兩門不同的學科。

特別提點

知道怎麼應用 a＋單數可數名詞、the＋單數可數名詞，以及加 s/es 後語意不同的不可數名詞有哪些後，以下特別列舉 3 個會被我們誤用的句子，要小心避開這些文法錯誤喲！

- His dream job is to work as a sales representative.（他的理想工作是在這間公司擔任業務。）

  由於是找「一」份工作，所以須加上 a 來表達此一單數特性。

- Army is ready to fight back.（軍隊已準備好反擊。）

  army 為可數名詞，所以需加上 the 以表泛指。

- His works are to analyze the data and write reports.（他的工作是分析數據和撰寫報告。）

  work 表工作時為不可數名詞，所以其後不可加上 s，其後動詞要改單數 is。

【九位謬思女神的職責】

代詞與虛詞

神話人物這樣說

有些謬思掌管藝術，有的則主司科學。

Apollo: Each Muse has her duty. For example, Cilo is the goddess of history.

阿波羅：每位謬思都有她的職責，例如克莉俄就是掌管歷史的女神。

圖解文法，一眼就懂

代詞最主要的功用就是代替名詞，避免句子冗長。虛詞則是本身沒有具體意涵但有文法作用的詞彙。以上句為例，Each Muse has her duty. For example, Cilo is the goddess of history 中的 her 就是代詞，代替了前文已經出現的 each muse，而 each 與 the 則為虛詞，具有文法作用，但沒有具體語意。

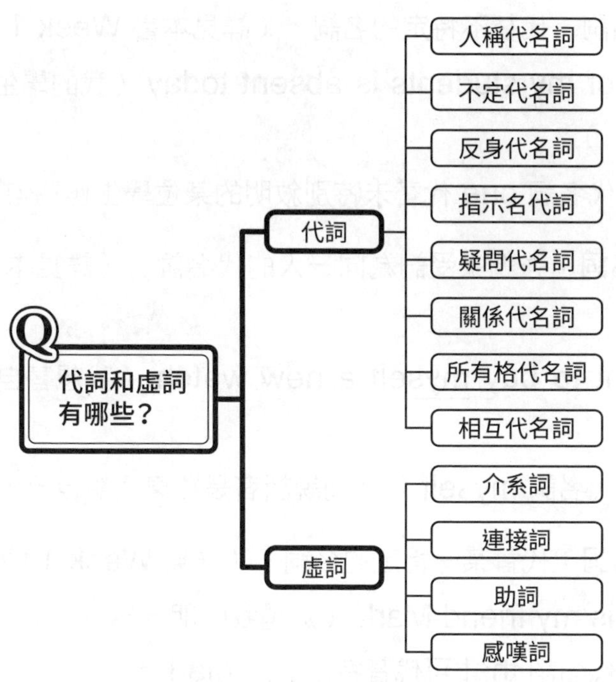

文法概念解析

關於代名詞

代詞是代名詞的簡稱，顧名思義就是要代替名詞。那為何需要代替名詞呢？原因在於相同名詞可能在同一語句中重複出現，為避免冗長，往往會以代名詞代替。依照所代替的名詞類型不同，以下進一步舉例說明其分類：

❶ 人稱代名詞：代替與人有關的名詞。（詳見本書 Week 1 Unit 3）

例 Please tell Mark I miss him.（請告訴馬克我想念他。）

☞ 人稱代名詞 him 可代替已出現過的人稱 Mark。

❷ 不定代名詞：代替不特定的名詞。（詳見本書 Week 1 Unit 4）

例 One of my students is absent today.（我的學生今天一位有缺席。）

☞ 不定代名詞 one 代替未特別敘明的某位學生作為句子的主詞。

❸ 反身代名詞：強調主受詞為同一人的代名詞。（詳見本書 Week 1 Unit 5）

例 I want to buy myself a new watch.（我想替自己買只新手錶。）

☞ 反身代名詞 myself 可強調說話者是買東西給自己。

❹ 指示代名詞：代替某一特定的名詞。（詳見 Week 1 Unit 6）

例 That is my friend Mark.（這是我的朋友馬克。）

☞ 指示代名詞 that 可代替特定名詞 Mark。

❺ 疑問代名詞：用來進行提問的代名詞，可再細分為指人指物（含動物與無生命物體）。（詳見本書 Week 1 Unit 7）

例 Who did you meet last night?（你昨晚遇到誰呢？）

☞ 運用指人的疑問代名詞 who 可形成與人有關的問句。

❻ 關係代名詞：代替先行詞的代名詞。（詳見本書 Week 1 Unit 8）

例 The girl who wears jeans is my younger sister.（穿牛仔褲的那個女生是我妹。）

☞ 關係代名詞 who 可代替先行詞 the girl。

❼ 所有格代名詞：代替某人所擁有的物品，概念上等同「所有格＋名詞」。

例 Your bag is heavier than mine.（你的包包比我的還重。）

☛ 所有格代名詞 mine 代替了 my bag。註：所有格與人有關，故廣義而言所有格代名詞也是人稱代名詞。

❽ **相互代名詞**：指稱兩者以上具相關性的名詞。

例 Tom and I have known each other for long.（我與湯姆認識彼此已久。）

☛ 相互代名詞 each other 可呈現說話者與湯姆的關聯性。

英文中常見的虛詞

由於代詞本身語意明確，屬於實詞的一種，因此以下進一步說英文中實詞與虛詞的差異為何。實詞，意即能表具體概念的詞彙，有名詞、動詞、形容詞、數量詞、代名詞、副詞六類。而虛詞指的就是無法表達具體概念但有文法作用的詞彙。英文中常見的虛詞有以下幾種：

❶ 介系詞：通常位於名詞或代名詞之前，可用來表達該名詞或代名詞與整個語句之間的關係。介系詞又可再細分為簡單介系詞與複合介系詞。前者是由單詞所組成，如 about、above 等，後者是有兩個以上的單字所組成，如 according to、due to 等。以下進一步舉例說明：

例1 They are talking about the price of the raw material.（他們正在討論原物料的價格。）

☛ 簡單介系詞 about 表達了討論。

例2 According to the data we get, this method does work.（根據我們獲得資料，這個方法的確可行。）

☛ 複合介系詞 according to 表達了資料與方法可行性之間的關係。

❷ **連接詞**：連接詞是連接單詞、片語、子句、句子的詞彙，可再細分為對等連接詞（如 and、but 等）、成對連接詞（如 either...or...、neither...nor... 等）、從屬連接詞（如 because、when 等）。以下進一步舉例說明：

例1 This movie is exciting and interesting.（這部電影既刺激又有趣。）

☞ 對等連接詞 and 連接了 exciting 與 interesting 這兩個形容詞。

例2 The device is neither durable nor usable.（這個裝置不耐用也不好用。）

☞ 成對連接詞 neither...nor... 連接 durable、usable 兩個形容詞。

例3 Because he gets lost, he arrives the exhibition center late.（因為迷路，他晚到展覽中心。）

☞ 從屬連接詞 because 引導表原因的子句。

❸ **助詞**：助詞為助動詞的簡稱，會與行為動詞連用，可再細分為一般助動詞與情態助動詞。前者來表達時態、構成問句否定句、被動式等，如 do、have、be。後者能可表能力、許可、意圖等，如 can、may。以下進一步舉例說明：

例1 Jason does not know the answer.（傑森不知道答案。）

☞ 一般助動詞 does 與否定詞 not 連用形成否定句。

例2 I can speak several languages.（我能說多國語言。）

☞ 情態助動詞 can 可表達說話者具備其後所描述的能力。

❹ **感嘆詞**：感嘆詞是用來表達痛苦、憤怒、悲傷等各種情感的詞彙，

通常出現於句首，其後加上驚嘆號。常見的感嘆詞有 well、wow、Ah 等。以下進一步舉例說明：

例 Well, what do you want to do next?（那麼，接下來你打算怎麼做呢？）

☞ 感嘆詞 well 表達出說話者語氣上的轉折。

例句示範

1 Please tell Liz I miss her so much.

請告訴麗茲說我很想念她。

2 This is my new car.

這輛是我的新車。

特別提點

知道怎麼應用代詞與虛詞後，以下特別列舉 2 個會被我們誤用的句子，要小心避開這些文法錯誤喲！

- Please tell Mark I miss Mark so much.（請告訴馬克我很想他。）

  ☞ 句中重複出現 Mark，所以第二次出現時應以 him 代替。

- Your score is higher than my score.（你的分數比我高。）

  ☞ 由於 score 已出現一次，為求精簡，應將 my score 改為 mine。

【謬思女神的兒子 Orpheus 與其妻的故事】

人稱代名詞

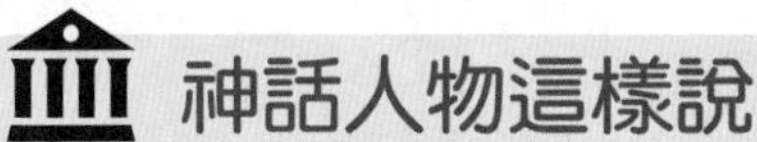

神話人物這樣說

為了要讓妻子復活，奧菲斯苦苦懇求冥神。

Orpheus: I love my wife so much, Hades, can you let her come back to life?

奧菲斯：我真的很愛我的太太，黑帝斯你能讓她起死回生嗎？

圖解文法，一眼就懂

人稱代名詞是能夠代替人或是物的代名詞，可再細分為主格、受格、所有格。上述三種類型都有單複數之分。以上句 I love my wife so much, Hades, can you let her come back to life 為例，I 與 you 為單數主格，her 為單數受格，my 則為單數所有格。

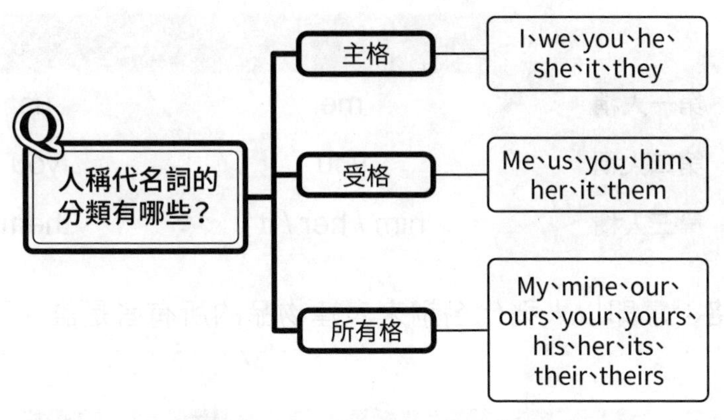

文法概念解析

人稱代名詞，單就字面意義指的會誤以為此類詞彙只能代替人。但事實上，部分人稱代名詞也能代替物或是動物。人稱代名詞的形式有三種：

❶ 主格：意即以人稱代名詞做為句子的主詞。根據人稱與單複數的不同，可在細分為：

	單數	複數
第一人稱	I	we
第二人稱	you	you
第三人稱	he / she / it	they

❷ 受格：意即以人稱代名詞做為句子的受詞，根據人稱與單複數的不同，可再細分為：

	單數	複數
第一人稱	me	us
第二人稱	you	you
第三人稱	him / her / it	them

❸ 所有格：意即以人稱代名詞來表達物品的所有者是誰。可再細分為：

	所有格限定詞（註）		所有格代名詞	
	單數	複數	單數	複數
第一人稱	my	our	mine	ours
第二人稱	your	your	yours	yours
第三人稱	his / her / its	their	his / hers / its	theirs

註：限定詞顧名思義就是產生「限定」，因此所有格限定詞的作用就是限定物品的所有權。

理解了人稱代名詞的基本分類後，以下針對其常見用法進一步舉例說明：

❶ 與所代替名詞同「格」

主格人稱代名詞無法做為句子受詞，反之，受格人稱代名詞也無法作為句子主詞，以下進一步舉例說明：

例 Mandy said “Please do I a favor.”（×）

Mandy said “Please do me a favor.”（○）

（曼蒂說：「請幫我個忙。」）

☞ 曼蒂是接受幫助的一方，所以其人稱代名詞應使用 me。

❷ 可形成複合主詞或複合受詞

「複合」指的就是兩個以上。兩個人稱代名詞或是一個代名詞加上名詞可構成複成主詞或複合受詞，其後動詞應為「複數」型態，以下進一步舉例說明：

例1 James and I need to have some talk concerning the purchase next quarter.（針對下一季的採購，詹姆士和我需要進一步談談。）

☞ 名詞 James 與代名詞 I 可組成複合主詞，所以其後動詞應為複數形態。

例2 You and I have to calm down and have some talk.（你我需要冷靜下來好好談談。）

☞ 兩個人稱代名詞 You 和 I 形成複合主詞，所以其後動詞應為複數形態。

例3 Kevin shows Davis and me the prototype he has just developed.（凱文向戴維斯跟我展示他剛研發完成的雛型。）

☞ 名詞 Davis 與代名詞 me 形成複合受詞。

❸ 並列時有固定的排列順序

多個人稱代名詞或名詞並列時，基於禮貌，最後才會提及自己。以下進一步舉例說明：

例 Leo and I are ready to leave.（里歐和我準備要離開。）

☞ 由於同時提及他人與自己，所以應先提 Leo 再提自己。

❹ 所有格限定詞＋N＝所有格代名詞

由於所有格限定詞僅能說明所有權，所以無法獨立使用，其後須加上名詞，在語意上才會等同可獨立使用的所有格代名詞，以下進一步舉例說明：

例 Your backpack is lighter than my backpack (=mine).（你的背包比我的輕。）

☞ 所有格限定詞 my 加上名詞 backpack 語意上就可等同所有格代名詞 mine。

例句示範

1. I am so happy that you invite me to join the party.
   我很高興你邀請我參加派對。

2. Tell Mary I miss her so much.
   告訴瑪莉我很想她。

3. Linda said, "Please help me move this table."
   琳達說：「請幫我移動這張桌子。」

4. Peter shows Nick and me the logo he designs.
   彼得向尼克跟我展示他所設計的商標。

5 Tom and I need to have a face-to-face talk.
湯姆和我需要面對面好好談一談。

6 Your handwriting is more beautiful than mine.
你的筆跡比我的漂亮。

特別提點

知道怎麼應用人稱代名詞後，以下特別列舉 3 個會被我們誤用的句子，要小心避開這些文法錯誤喲！

- You and me need to have some discussion concerning the new project.（你我需要針對新專案進行討論。）
  人稱代名詞為主詞時應使用主格，所以應將 me 改為 I。
- Andy shows Ben and I the new webpage he has designed.（安迪向班和我展示他已設計完成的網頁。）
  此句複合人稱代名詞作受詞用，所以應將 I 改為 me 。
- Your book is thicker than my.（你的書比我厚。）
  所有格限定詞僅能說明所有權，所以應在 my 之後加上 book 或是改用 mine 代替。

【水精靈的誕生與職責】

不定代名詞

神話人物這樣說

溫蒂妮是四大元素精靈之中的水精靈。

Undine: I am the Elemental of water, so I can control everything about water.

溫蒂妮：我是元素精靈中的水精靈，所以我能掌控有關水的一切。

圖解文法，一眼就懂

不定代名詞泛指不具體或是未知的人事物，可再細分為單數、複數以及可單可複三類。其中單數又可再細分為單詞與複合。以上句的 I can control everything about water 為例，everything 就是單數複合不定代名詞。

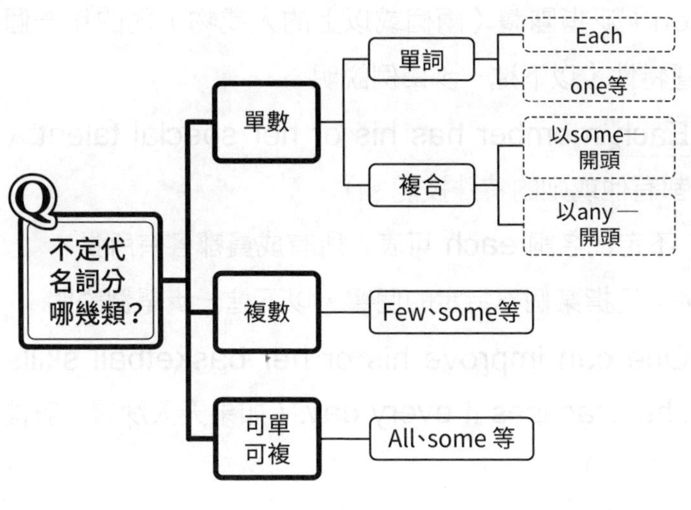

文法概念解析

不定意為「不特定」，因此不定代名詞泛指不具體或是未知的人事物。如神話人物這樣說例句中的 I can control everything about water 的 everything 即可表達此種廣泛的指稱。一般而言，不定代名詞會與人稱代名詞連用，可做為句子的主詞、主詞補語、受詞或同位語。根據其後所接動詞的單複數，可再細分為：

單數不定代名詞

若以單數不定代名詞做為先行詞，其後應搭配單數動詞、單數人稱代名詞或單數所有格代名詞。單數不定代名詞的組成可再區分為：

a. 單詞：由單一詞彙所構成。本單元列舉單數單詞不定代名詞 each、one、neither 進一步說明：

I. each：泛指團體（兩個或以上的人或物）內的每一個體都具有某種特性，以下進一步舉例說明：

例 Each member has his or her special talent.（每名成員都有他或她的特殊技能。）

☞ 不定代名詞 each 可表達所有成員都各有所長。

II. one：泛指某個不特定的個體，以下進一步舉例說明：

例 One can improve his or her basketball skills if he or she practices it every day.（如果天天練習，就能增進籃球技巧。）

☞ 不定代名詞 one 泛指只要願意練習，就能獲得進步的人。

III. neither：當非特定的兩個人事物都「不具有」某種特性時，需以 neither 表示，並將其視為單數，以下進一步舉例說明：

例 Neither of my roommates has come yet.（我的兩位室友都還沒來。）

☞ 由於沒有特指是哪兩位室友，所以可用不定代名詞 neither 來表達此泛指之意。

b. 複合：以 some-或 any-開頭，-body、-thing、-one、-where 結尾，本單元列舉常見的不定代名 someone 與 anyone 進一步說明：

I. something：通常用於「肯定句」，但也可於表達請求或提供的疑問句，以下進一步舉例說明：

例 Later I will go out to grab something to eat.（等下我將回出門找點東西吃。）

☞ 不定代名詞 something 可表達出說話者想吃東西，但不限定要吃什麼的意涵。

II. anyone：以 any 開頭的複合不定代名詞通常用於「否定句」與「疑問句」，若用於肯定句，則表示不計較任何其他條件。以下進一步舉例說明：

例 Is there anyone at home?（有人在家嗎？）

☞ 不定代名詞 anyone 表達只想知道有沒人在，至於誰在並不重要的意涵。

複數不定代名詞

若以複數不定代名詞做為先行詞，其後應搭配複數動詞、複數人稱代名詞或複數所有格代名詞。本單元列舉常見的 few 與 both 進一步說明：

I. few：若以 few 作為先行詞，其後應接複數名詞，傳達此集合種「僅少數」個體具有某種特性，以下進一步舉例說明：

例 Few of us can speak Spanish.（我們之中沒幾個人會說西班牙語。）

☞ 不定代名詞 few 可表達在某一群體中僅少數人具有某種語言能力。註：雖然同為不定代名詞，a few 意為「有一些」，在語意上與 few 完全不同。

II. both：當以不特定的兩個人或物為先行詞，可運用 both 來表示。以下進一步舉例說明：

例 Both take time to finish.（兩個都需要花點時間才能完成。）

☞ 不定代名詞 both 可代替沒有特別敘明的兩件事。

可單可複的不定代名詞

有些不定代名詞的單複數的限制較寬鬆，其後如接單數，即為單數。同理，若接複數則為複數。本單元列舉常見的 all 與 some 進一步說明：

I. all：若所代替的事物本身不可數或是欲將其視為「一個整體」，此時不定代名詞 all 之後應接複數名詞。同理，若所代替的事物為可數，則應視為複數。以下進一步舉例說明：

例1 All that Mary talks about is correct.（瑪莉所說的一切都是正確的。）

☛ 由於是將談話內容視為整體，此時的 all 應視為單數。

例2 All of his cars are limited edition.（他所有的車都是限量版的。）

☛ 由於 car 為可數名詞，所以此時的 all 應視為複數。

II. some：判斷 some 的單複數原則與 all 相同，以下進一步舉例說明：

例1 Some of the reference is a hard copy.（有些參考資料是紙本。）

☛ 由於 reference 為不可數名詞，所以應將 some 視為單數。

例2 Some of the books are English versions.（有些書是英文版。）

☛ 由於 book 為可數名詞，所以應將 some 視為複數。

例句示範

1 Each member has the right to vote in this election.
每位成員在本次選舉都有投票權。

2 Do you want to eat something?
你有想吃點什麼嗎？

3 Few of us can speak fluent Japanese.
我們之中沒幾個人會說流利的日文。

特別提點

知道怎麼應用不定代名詞後，以下特別列舉 2 個會被我們誤用的句子，要小心避開這些文法錯誤喲！

- A few of us are absent from the class, so our teacher is happy.（我們當中幾乎沒有人缺課，所以老師很開心。）
  ☞ a few 的語意應為「有一些」，應該改為 few 才符合語言邏輯。

- Some of his collection is sneaker.（他收藏品的其中一部份是球鞋。）
  ☞ 由於 collection 為可數名詞，some 應視為複數，所以其後的 is 也應該為 are。

【牧神潘吹奏笛子的原因】

反身代名詞

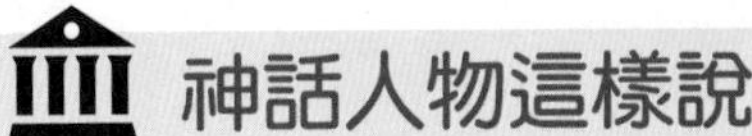

潘吹奏排笛來表達對於愛人西琳克斯的思念。

Pan: Syrinx hides herself in common reed, so I can't find where she is. As a result, I play syrinx to show how badly I miss her.

潘：西琳克斯躲在蘆葦中，所以我找不到她。因此，我用吹奏排笛來表達我有多思念她。

圖解文法，一眼就懂

當句子的主受詞相同時，反身代名詞除可避免重複外，也可傳達「親自……」或是「本身就……」的意涵。以上句為例 Syrinx hides herself... 中的 herself 就是反身代名詞，表達主受詞的為同一人。

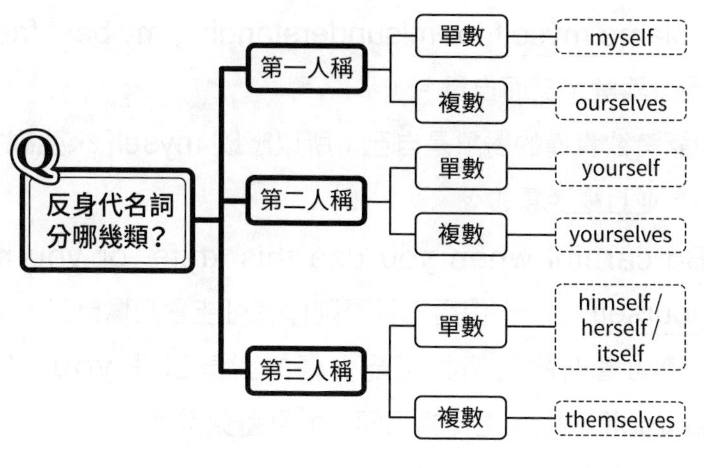

文法概念解析

當句子的主詞與受詞為同一人或同一事物時，會運用反身代名詞來達到同中有異的作用。此處的「同」指的是主詞受詞為相同人事物，「異」指的是在受詞位置使用不同詞彙，以避免重複，以上文神話人物這樣說的 Syrinx hides herself in common reed, ... 語句為例，當中的就是 herself 就是反身代名詞。根據所代替人事物的人稱與單複數的不同，反身代名詞可再細分為：

人稱	單數	中譯	複數	中譯
第一人稱	myself	我自己	ourselves	我們自己
第二人稱	yourself	你自己	yourselves	你們自己
第三人稱	himself / herself / itself	他／她／它自己	themselves	他／她／它們自己

以下列舉三個人稱的單數型進一步說明：

例1 I blame myself for misunderstanding my best friend.（我因為誤解摯友而自責。）

☛ 說話者欲責備的對象是自己，所以應以 myself 來強調主受詞相同，並且避免重複。

例2 Be careful when you use this knife, or you may cut yourself.（小心使用刀具否則你有可能會割傷自己。）

☛ 祈使句省略的主詞與可能受傷的對象都是 you，所以須以 yourself 來強調主受詞相同，並且避免重複。

例3 James dries himself after he comes out of the swimming pool.（詹姆士從泳池起身後，把自己身體擦乾。）

☛ 詹姆士要擦乾的是自己的身體，所以應使用 himself 來強調主受詞相同，並且避免重複。

由於反身代名詞屬於代名詞中較容易被誤用的一種，以下再針對其各項用法與限制進一步舉例說明：

❶ 可做同位語

由於反身代名詞強調主受詞相同，故也可將其移至主詞之後做為同位語，傳達「親自做……」或「本身就……」的意涵，以下進一步舉例說明：

例1 I myself design this logo.（我親自設計這個商標。）

☛ 以 myself 做同位語時，能強調一切不假他人之手的意涵。由於是要強調設計不假手他人，所以可用 myself 做同位語來表達說話者的親力親為。

例2 The beef itself tastes good.（牛肉本身就很美味。）

☞ 以 itself 作同位語時，可表達美味原自食材本身的意涵。由於是要強調美味源自於食材本身，所以可用 itself 做同位語來加以表示。

❷ **依照人稱的有無決定含代名詞複合主詞的反身代名詞的類型**

當句子的主詞為含代名詞的複合主詞時，只要當中包含第一人稱，就必須使用 ourselves，無第一人稱但含第二人稱，則用 yourselves。若皆為第三人稱則為 themselves，以下進一步舉例說明：

例1 Davis and I get ourselves into a big trouble by teasing Lance.（戴維斯跟我因為捉弄蘭斯而給自己惹上大麻煩。）

☞ 由於複合主詞中有第一人稱 I，故其後的反身代名詞應使用 ourselves。

例2 You and Sandy betray this organization and yourselves as well.（你和姍蒂背叛組織也背叛自己。）

☞ 由於複合主詞中有第二人稱 you，所以其後的反身代名詞應為 yourselves。

例3 Lucy and Helen keep themselves from the dispute by making no comment to this incident.（露西跟海倫因為選擇不對此事發表看法而讓自己免於深陷爭端。）

☞ 由於複合主詞皆以第三人稱所組成，所以其後的反身代名詞應為 themselves。

❸ 與反身代名詞有關的常見慣用語

A. by oneself（獨自……）

例 Though the box is heavy, Jenny still decides to carry it by herself.（雖然這個箱子很重，但珍妮仍然決定自己扛。）

B. help yourself（自行取用）

例 We prepare a lot of foods and soft drinks for the party today, so just help yourself.（我們準備了許多食物與無酒精飲料，所以儘管自行取用吧！）

C. behave yourself（規矩點）

例 Behave yourself, or you may irritate Sam.（規矩點，不然你可能會惹毛山姆。）

D. Be oneself（做自己）

例 You have not been yourself these past few days. What happened?（你過去幾天都不太對勁，發生甚麼事了？）

E. enjoy yourself（好好地玩）

例 Enjoy yourself at the party today. You deserve relaxation after a seven-day business.（在派對上痛快的玩樂吧！這是你出差七天後應得的放鬆。）

例句示範

1 I blame myself for underestimating the importance of customization.

我對低估客製重要性一事深感自責。

2 Read the manual before you use it, or you may hurt yourself.
使用前請先閱讀說明書，否則你可能會傷到自己。

3 Mary buys herself a new watch.
瑪莉替自己買了新手錶。

4 Kelly likes to travel by herself.
凱莉喜歡獨自旅行。

特別提點

知道怎麼應用反身代名詞後，以下特別列舉 2 個會被我們誤用的句子，要小心避開這些文法錯誤喲！

- Tom and I buy themselves some food for dinner.（湯姆和我買了點食物給自己當晚餐。）
  - 由於複合主詞中有第一人稱 I，所以反身代名詞應使用 ourselves。
- Linda and you may hurt themselves if you are not familiar with operation of this machine.（如果對這台機器的操作不熟悉的話，琳達和你可能會傷到自己。）
  - 由於複合主詞中有第二人稱 you，所以反身代名詞應使用 yourselves。

【牧神潘與摩羯座的由來】

指示代名詞

神話人物這樣說

潘因匆忙躲避怪物而變成半魚半羊的模樣。

Pan: I don't have time to hide, and that is the reason I become half goat and half fish.

潘：我沒時間躲藏，而這也是我變成半羊半魚的原因。

圖解文法，一眼就懂

若以指示代名詞替代名詞，目的是要透過限制範圍的方式（單複數、遠近、發生與否、上下文）來進行指定或表達確認，指示代名詞共有四種：**this**、**that**、**these**、**those**。以上句為例，**and that is the...** 中的 that 就是指示代名詞，用以指稱前句所提的內容。

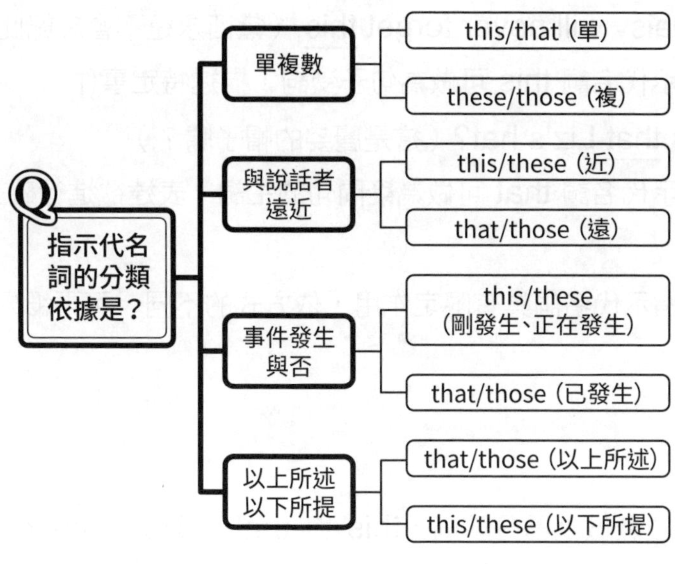

文法概念解析

若使用指示代名詞來代替名詞，其目的是要進行確認或表達指定，以確保說話者與聽者的認知範圍相同，以神話人物這樣說的語句為例…. , and that is the reason I 為例，that 就是要表達指定。代名詞共有四種：this（這）、that（那）、these（這些）、those（那些），四者都可做為主詞或受詞，來指稱人事物。以下進一步舉例說明：

例1 This is my younger brother.（這是我弟。）

☛ 指示代名詞 this 可做為句子主詞，描述特定人物。

例2 That is the heavy motor that Sam just bought last month.（那台就是山姆上個月剛買的重機。）

☛ 指示代名詞 that 可做為句子主詞，描述特定物品。

例3 Daisy will never forget this.（黛西永遠不會忘記此事。）

☞ 指示代名詞 this 可做為句子受詞，描述特定事件。

例4 Is that Liz's hat?（這是麗姿的帽子嗎？）

☞ 指示代名詞 that 可做為疑問句的主詞，表達欲進行確認之意。

由於指示代名詞具有限定作用，依方式的不同，可再細分為以下四種：

❶ 單複數

若以單複數做為區分準則，this 與 that 為單數，these 與 those 為複數。以下進一步舉例說明：

例1 This is my older sister Kelly.（這是我姐姐凱莉。）

☞ Sister 為單數名詞，所以可用單數指示代名詞 this 指稱。

例2 That is my younger brother Ryder.（那是我弟弟萊德。）

☞ brother 為單數名詞，所以可用單數指示代名詞 that 指稱。

例3 These are my books.（這些是我的書。）

☞ books 為複數名詞，所以可用複數指示代名詞 these 指稱。

例4 Those are my shoes.（那些是我的鞋。）

☞ shoes 為複數名詞，所以可用複數指示代名詞 those 指稱。

❷ 與說話者的遠近

若以距離說話者遠近做為區分準則，this 與 these 為近，that 與 those 為遠，以下進一步舉例說明：

例1 This is my supervisor Mary.（這是我的上司瑪莉。）

☞ 由於瑪莉在說話者的附近，所以應用 this 來指稱。

例2 These are the tools our ancestors ever used.（這些是我們祖先曾經使用過的工具。）

☛ 由於工具離說話者有一定距離，所以應以 these 來指稱。

例3 That is my colleague Eason.（那是我的同事伊森。）

☛ 由於伊森與說話者有一定距離，所以應以 that 來指稱。

例4 Those are the machines we use to produce customized screws.（那些是我們用來生產客製化螺絲的機器。）

☛ 由於機器與說話者有一定距離，所以應以 those 來指稱。

❸ 事件發生與否

若以事件發生與否做為區分準則，this 與 these 用於剛發生、正在發生、或是即將發生的事件。That 與 these 則為過去發生或已經完成的事件。以下進一步舉例說明：

例1 This is the best concert I have ever attended.（這是我所參加過的演唱會中最棒的一場。）

☛ 由於此演唱會可能才剛剛結束，所以應使用 this 來指稱。

例2 That is the most ridiculous reason I have ever heard.（那是我所聽過最離譜的理由。）

☛ 由於說話者可能在很久前就已聽聞此事，所以應使用 that 來指稱。

❹ 上文提及與以下所述

若以提及上文提及與以下所述作為區分準則，that 與 those 用於上文提及 this 與 these 用於以下所述。以下進一步舉例說明：

例1 Jason invests all of his money in this project, and I think that is not a wise decision.（傑森把所有財產投入此專案計畫中，而我認為這那並不是個睿智的決定。）

👉 由於說話者發表看法時，傑森早已下定決心，所以應以 that 來指稱。

例2 A: Michael is my favorite player.（麥可是我最喜歡的球員。）

B: He is really cool, I think you may want to watch this. It is the highlight of him in the final of the playoff.（他真的很棒，我想你會想看這個。這是他在季後賽決賽的精采好球回顧。）

👉 由於 B 接下來才要說明影片的內容為何，所以應以 this 來指稱。

例句示範

1 This is my uncle Mark.
這是我的叔叔馬克。

2 That is my auntie Mary.
這是我的嬸嬸瑪莉。

3 Those are my tools.
那些是我的工具。

4 That is the most beautiful view I have ever seen.
那是我所看過最美的景致。

特別提點

知道怎麼應用指示代名詞後，以下特別列舉 3 個會被我們誤用的句子，要小心避開這些文法錯誤喲！

- You may doubt what I say now, but I am confident that you will change your view when you watch that.（你也許會懷疑我現在說的，我有信心你看到資料時，將會改變你的看法。）
  - 由於說話者尚未讓對方看到資料，所以應將 that 改為 this 加以指稱。

- Peter put his bag in a public place, and I think this is not a good idea.（彼得把包包放在公共區域，而我認為這並不是個好主意。）
  - 說話者表達看法時，彼得的包包早已放置好，所以應以 that 加以指稱。

- This is the most ridiculous reason for leave I have heard, so I won't permit your application.（這是我所聽過最荒唐的請假事由，所以我不會准假。）
  - 說話者要先知道請假原因，才能做出判斷，所以應以 that 加以指稱。

【牧神潘與雙魚座的由來】

疑問代名詞

神話人物這樣說

雙魚座是化作魚型的阿芙蘿黛蒂與厄洛斯。

Aphrodite: What kind of image can we transform to escape Typhon's attack? Fish is good because we can hide ourselves in the water.

阿芙蘿黛蒂：我們該變成何種形象以躲避提豐的攻擊呢？魚會是個好主意，因為可以藏身水中。

圖解文法，一眼就懂

疑問代名詞是用來提問的代名詞，可細分為指人的 who、whom 與 whose，指物的 which 與 what。以上文為例，What kind of image can we transform... 中的 what 即為疑問代名詞，可對物進行提問。

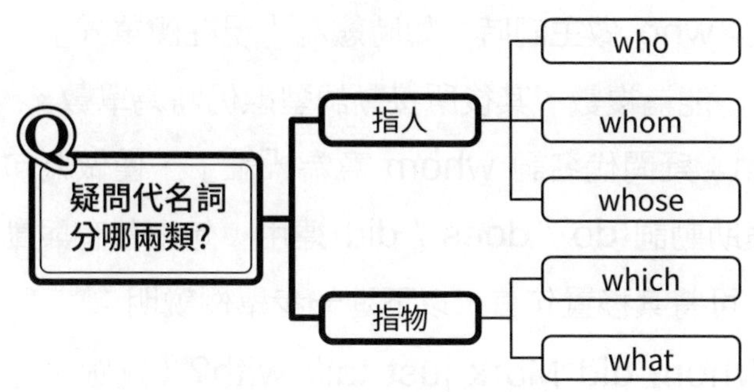

文法概念解析

疑問代名詞顧名思義就是要用來「提問」的代名詞，一般而言會放在句首，但有時也可置於介系詞之後。可以細分為以下兩種：

❶ 指人

指人的疑問代名詞共有以下三種：

A. Who：疑問代名詞 who 意為「誰」，一般而言做為句子的「主詞」或是「主詞補語」。但在口語用法上，亦可做受詞時，用法同下文 whom。以下進一步舉例說明：

例1 Who takes my pen away without asking?（誰沒問我一聲就把我的筆拿走了？）

☞ 疑問代名詞 who 為句子主詞，用來提問。

例2 Who did you tell about the problem we are facing?（你跟誰提過我們目前所面對的問題？）

☞ 疑問代名詞 who 做為受詞，用來提問

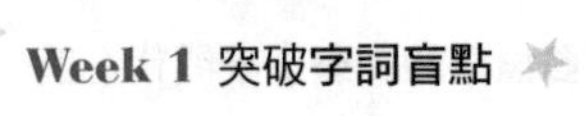

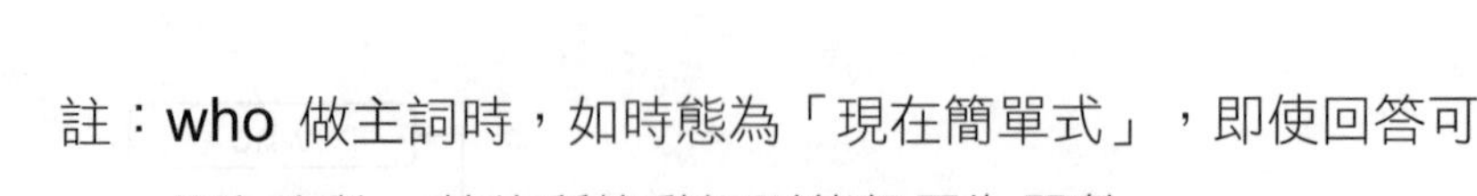

註：who 做主詞時，如時態為「現在簡單式」，即使回答可能為複數，其後所接動詞型態仍需為單數。

B. Whom：疑問代名詞 whom 意為「誰」，僅做為句子的受詞，其後與助動詞 do / does / did 連用，句中若有與動作相關的介系詞，可將其移置句首，以下進一步舉例說明：

例 1 Whom did Mark just talk with?（剛跟馬克說話的人是誰？）

☞ 疑問代名詞 whom 做為受詞，用來提問。

例 2 With whom did Mark just talk?（剛跟馬克說話的人是誰？）

☞ 由於本句包含與動作有關之介系詞，所以亦可將其移置句首。

註：上述介系詞置句首用法僅限 whom，who 無此用法，務必注意。

C. Whose: whose 是 who 的所有格型態，意為「誰的」，可對所有權歸屬提出疑問，以下進一步舉例說明：

例 This jacket doesn't fit you, and whose is it?（這件外套跟你尺寸不符，那會是誰的呢？）

☞ 移問代名詞 whose 做為疑問句主詞，對歸屬權提出疑問。

❷ 指物

單就名稱來看，可能會誤解指物疑問代名詞的「指物」僅包含無生命的事物，但事實上，有生命的動物亦在其範疇之內。指物的疑問代名詞共有以下兩種：

A. Which

疑問代名詞 which 意為「哪一個／些」，用於做出有關選擇的提問，其後若有介系詞 of，則指人指物皆可。以下進一步舉例說明：

例1 Which idea do you like the most?（你最喜歡哪一個想法？）

☛ 疑問代名詞 which 做為句子主詞，針對幾個想法的喜好程度加以提問。

例2 Which of you can tell what is going on now?（你們之中誰可以告訴我現在到底發生什麼事了？）

☛ 由於 which 之後有 of，所以可以之做出指人的提問。

例3 Which of the three books is the best seller this month?（這三本書之中哪一本是本月最暢銷書呢？）

☛ Which 與介係詞連用可形成指物的提問。

B. What

疑問代名詞 what 意為「什麼」，指稱的範圍較籠統，其後無法介系詞連用，以下進一步舉例說明：

例 What is your favorite color?（你最喜歡什麼顏色呢？）

☛ 疑問代名詞 what 做為句子主詞，以所有顏色做範疇，針對對方的喜好加以提問。

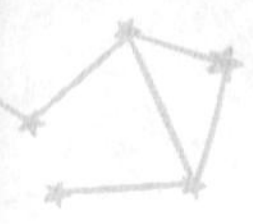

例句示範

1 Who taught you this skill?

誰教你這項技能的呢？

2 To whom you want to talk now?

你現在想跟誰說話呢？

3 Whom did the police arrest in this protest?

此次示威中警方逮捕了誰？

4 The jeans doesn't fit you, and whose is it?

這件牛仔褲與你尺寸不符，那會是誰的呢？

5 What kind of food do you like the most?

你最喜歡哪種類型的食物呢？

6 Which color you like?

你喜歡哪個顏色呢？

特別提點

知道怎麼應用疑問代名詞後，以下特別列舉 3 個會被我們誤用的句子，要小心避開這些文法錯誤喲！

- With who did you dance last night?（你昨晚跟誰跳舞呢？）
  ☞ 介系詞置句首的用法僅限 **whom**，所以應將 **who** 改為 **whom**。

- What of you lie to me?（你們之中誰對我撒了謊呢？）
  ☞ 疑問代名詞 **what** 無法與介係詞連用形成問句，所以應將其改為 **which**。

- Which five cars is the most popular type this year?（這五款車中哪一款是本年度最受歡迎款式？）
  ☞ 由於是要在幾個選項中做選擇，所以應將 **which** 改為 **which of**。

【水仙花的由來】

關係代名詞

納希瑟斯因迷戀自己的水中倒影最終化作水仙。

Cephisus: You are the man <u>who</u> has the greatest looking in the world.

Narcissus: But I think the image <u>which</u> I see in the water is the handsomest.

西非賽斯：你是世上相貌最姣好的男子。

納希瑟斯：但我認為我在水中看到的形象才是世上最英俊的。

圖解文法，一眼就懂

關係代名詞指的是能夠引導一個子句，並與先行詞有所關連的代名詞，共有 who、whom、which、that、as、than 六種。以上文神話人物這樣說為例，you are the man <u>who</u>... 中的 who 與 the image <u>which</u>... 的 which 都是關係代名詞，依序指代人與物。

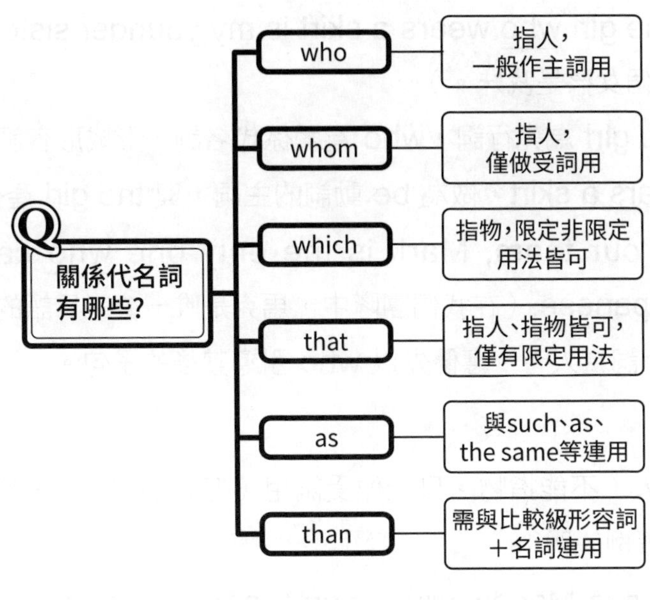

文法概念解析

當一個代名詞可引導一個從屬子句，並與句子中的名詞、名詞片語或代名詞有所關連，此種代名詞即為關係代名詞。關係代名詞所指代的名詞或代名詞又稱為「先行詞」。由於關係代名詞所引導的字句在文法上具備「形容詞」的作用，所以此類子句稱為形容詞子句或關係子句，以上文神話人物這樣說的句子為例，you are the man who... 中的 who 就是關係代名詞。一般而言，關係代名詞有以下幾種：

❶ Who

只能指人，不能指物，一般而言做主詞用，但在口語用法中亦可做為受詞，以下進一步舉例說明：

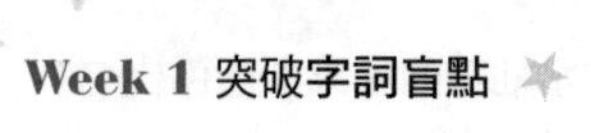

例1 The girl who wears a skirt is my younger sister.（穿裙子那個女孩是我妹。）

The girl 為先行詞，who 為關係代名詞，形成形容詞子句 who wears a skirt，做為 be 動詞的主詞，與 the girl 產生關連。

例2 In our team, Mark is the only one who can speak Japanese.（在我們團隊中，馬克是唯一會說日語的人。）

先行詞為人時，應優先以 who 引導其後的子句。

❷ Whom

只能指人，不能指物。只能做受詞用（但限動詞或介系詞），以下進一步舉例說明：

例1 This is Mandy, with whom I am working on the project with ABC Company.（這是蔓蒂，我和她一起進行與 ABC 公司合作的專案。）

whom 指的就是先行詞蔓蒂，所以可作為關係子句中介係詞 with 的受詞。

例2 This is Mandy, whom I am working with on the project with ABC Company.（這是蔓蒂，我和她一起進行與 ABC 公司合作的專案。）

同 例1，whom 指的是蔓蒂，所以亦可做為關係子句中 be 動詞的受詞。

❸ Which

只能指物，不能指人。其用法分為以下兩種：

A. 非限定用法：由關係代名詞所引導的子句僅扮演附加說明角色，

將其刪除不會使基本句意改變，通常會以「逗號」與主要子句分開。以下進一步舉例說明：

例 I lend Dennis my heavy motor, which he later rides it in his three-day trip.（我把我的重機借給丹尼斯，沒多久他就騎這台車進行一趟為期三天的旅行了。）

☛ 若將 which 所引導的子句去除，並不會影響 I lend Dennis my heavy motor 只語意，所以此例句屬於 which 的非限定用法。

B. 限定用法：由關係代名詞所引導的字句在句意上無法主要子句分離。主要字句與關係子句間「沒有逗號」。以下進一步舉例說明：

例 The boots which I just bought last week were stolen last night.（我上周剛買的靴子昨晚被偷了。）

☛ 若將 which 所引導的子句去除，影響語意甚大，所以此句屬於 which 的限定用法。

❹ That

指人指物皆可，僅有限定用法，以下進一步舉例說明：

例 1 Have you ever spoken to the man that lives on the 5th floor?（你跟住在五樓的男士說過話嗎？）

☛ 此句的先行詞為人，若將 that 所引導的子句去除，影響語意甚大，所以此句屬限定用法。

例 2 This is the software that most designers use.（這是多數設計師會使用的軟體。）

☛ 此句的先行詞為物，若將 that 所引導的子句去除，影響語意甚大，所以此句屬限定用法。

❺ As

僅有限定用法。常與 such、as、the same 等連用，做為關係子句的主詞或受詞，表達「與……相同」之意。以下進一步舉例說明：

例 I have the same bad habit as my younger brother does.
（我跟我弟有相同的壞習慣。）

由 as 所引導的子句修飾是先行詞 bad habit，做為動詞 does 的受詞。

❻ Than

Than 做關係代名詞用時，需與「比較級形容詞＋名詞」連用，且比較及所修飾的名詞應為 than 的先行詞，做為關係子句的主詞或受詞。以下進一步舉例說明：

例 I won't buy more food than is needed.（我每次只買自己所需的食物量。）

more food 為形容詞比較級加名詞的組合，than 做為子句主詞修飾該組合。

例句示範

1 The women who wears high heels is my mom.
那位穿高跟鞋的女士是我媽。

2 This is Nick, whom I am working with on a cross-section project.
這是尼克，我和他一起進行一個跨部門專案。

3 I have the same doubt as most my colleagues do concerning this regulation.

對此規定，我與大部分的同事都有相同的疑慮。

4 Loans equal to debt, so I don't want to borrow more money than is needed.

借款等同負債，所以我需要多少就只借多少。

特別提點

知道怎麼應用關係代名詞後，以下特別列舉 3 個會被我們誤用的句子，要小心避開這些文法錯誤喲！

- The watch who Sam just bought is awesome.（山姆剛買的那只錶很棒。）

  Who 只能指人，所以應將其改為 that 或 which。

- The car, that I bought last month, was stolen last night.（我上個月買的新車昨晚被偷了。）

  That 沒有非限定用法，所以應將 that 前方逗點去除。

- The man whom wears a blue jacket is my uncle.（穿著藍色外套的男士是我叔叔。）

  the man 之後接 who 才能形成形容詞子句，使 The man who wears a blue jacket 成為句子主詞。

【回聲女神的由來】

單位量詞

神話人物這樣說

厄科因無法向愛人示愛，最終只剩聲音迴盪山谷。

Echo: Hera’s punishment made me unable to give a cry of joy even when I meet my Mr. Right Narcissus.

厄科：赫拉的懲罰讓我即使遇到我的真命天子納希瑟斯，卻連開心的叫出聲都做不到。

圖解文法，一眼就懂

單位量詞指的是以特定單位來計算數量。可數名詞靠單位量詞來表示「計量單位」，而不可數名詞靠單位量詞「計數」。以上文為的 a cry of joy 為例，joy 為不可數名詞，因此若要計數就須使用單位量詞 a cry of。

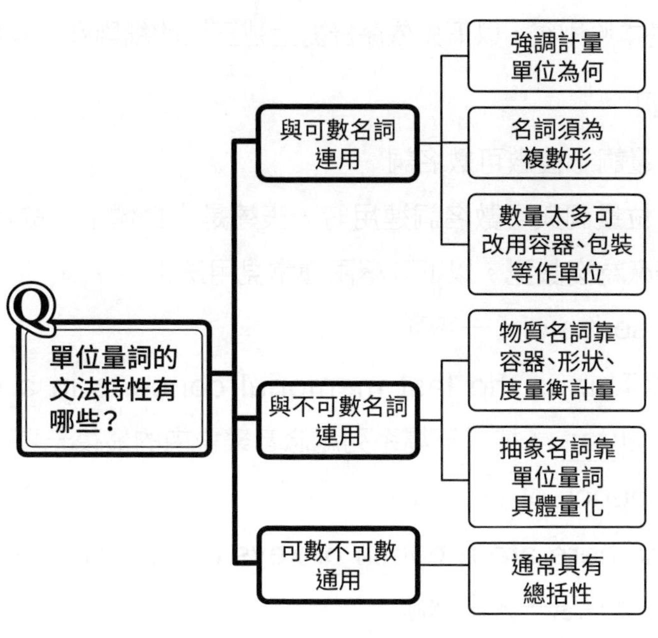

文法概念解析

單位量詞，顧名思義就是使用特定單位來計算數量。以上文神話人物這樣說為例，Hera's punishment made me unable to give a cry of joy 當中的 joy 在中在英文為不可數，若要計數，就須以 a cry of 做為單位量詞。以下先針對單位量詞的幾項基本使用原則加以說明：

1. 可數名詞靠單位量詞表示「計量單位」。
2. 不可數名詞靠單位量詞「計數」。
3. 有些單位量詞可數不可數通用。

1 突破字詞盲點
2 釐清基礎句型構成
3 搞定進階句型邏輯
4 避開文法陷阱

理解基本原則後，以下先依序針對上述三點的細則進一步舉例説明：

A. 可數名詞

I. 單位量詞＋複數可數名詞

當單位量詞與可數名詞連用時，表達是「群體」，故其後的可數名詞應為複數型。以下列舉兩種常見用法：

i. a series of（一系列）

例 This is the last memorial concerts in a series of three.（這是三場系列紀念音樂會中的最後一場。）

ii. a bunch of（一串）

例 There are a bunch of keys under my charge.（我負責保管一大串鑰匙。）

II. 不同的人或動物表「一群」的方式不同

數量很多的人或動物聚集時，中文可用「一群」來統稱，但英文依照物種的不同，有許多不同的説法，以下列舉幾種加以説明：

i. 小型動物用 a flock of

例 Lucas raises a flock of goats for milk in his farm.（盧卡斯在他的農場養了一小群羊來擠羊奶。）

ii. 草食動物用 a herd of

例 A herd of cattle is eating grass.（一群牛正在吃草。）

iii. 肉食動物用 a pack of

例 A pack of hyenas is chasing a buck.（一群鬣狗正在緊追一頭公鹿。）

iv. 海洋動物用 a school of

例 We are so lucky to see a school of dolphins on the

voyage to the tropical island.（我們很幸運能在前往熱帶島嶼的航程中看到一群海豚。）

III. 數量太多難以細數時，應化繁為簡

有些名詞雖然可數，但當一次要計算的數量多到難以細數時，如 noodle、cookie 等，改以「容器」或「包裝」作為計量單位，如 a plate of、a box of 等，反而言簡意賅，以下進一步舉例說明：

例 I eat a plate of noodle as my dinner.（我吃了一盤麵當晚餐。）

☞ noodle 雖然可數，但很少人會真的細數自己一餐吃了多少根麵，以盛裝的盤子作單位反而簡單明瞭。

B. 不可數名詞

I. 物質名詞靠容器、形狀、度量衡計量

由於物質名詞沒有一定形體，以所盛裝容器、外型、所使用度量衡單位來計數反而容易理解分量的多寡。以下各舉一例進一步說明：

i. 容器：a cup of（一杯）

例 Please give me a cup of coffee.（請給我一杯咖啡。）

ii. 外形：a slice of（一薄片）

例 I am not that hungry, so a slice of beef is good enough.（我沒那麼餓，所以給我一小片牛肉就行了。）

iii. 度量衡單位：a pound of（一磅）

例 I need a pound of flour.（我需要一磅的麵粉。）

II. 抽象名詞靠單位量詞具體量化

有些不可數名詞概念抽象，若要計算其數量，需使用特定的單位量詞，以下具兩個常見用法加以舉例說明：

i. 表「一聲……叫聲」的 a scream/cry of

Scream 或 cry 多為瞬間發出，以之作為單位量詞可強化情緒的表露。

例 Upon hearing the good news, I gave a scream of joy.（一聽到這個好消息，我高興地叫出聲。）

ii. 表「一片……」的 a wall of

wall 的作用在於阻隔，以之作為單位量詞，可凸顯某事物遭阻斷或包圍的意象，所以常與 water、fire 連用。

例 The cabin near the shore is swallowed by a wall of water after the heavy rain.（岸邊小屋在大雨後遭大水吞噬。）

C. 可數不可數名詞通用

有些單位量詞由於可涵蓋範圍廣泛，因此無論可數與否皆能使用，以下列舉兩個常見用法進一步說明：

I. 表各式各樣的 a variety of

例 There are a variety of courses in this training program.（本訓練計劃中有許多課程可供選擇。）

II. 表一堆的 a heap of

例 There are a heap of reference on the desk.（桌上有一堆參考資料。）

例句示範

1 This album is a collection of the hit songs of this legendary singer.

此張唱片收錄這位傳奇歌手過去的暢銷歌曲。

2 A pack of wolves are nearby, so we had better retreat now.

狼群就在附近，我們最好現在撤退。

3 There are a variety of clubs at this university.

這間大學有許多社團。

特別提點

知道怎麼應用單位量詞後，以下特別列舉 2 個會被我們誤用的句子，要小心避開這些文法錯誤喲！

- I draw a handful of coin from the pocket of my jeans.（我從牛仔褲口袋抓出一把零錢。）

  ☞ 單位量詞應搭配複數可數名詞，所以應將 coin 改為 coins。

- I eat a small beef as my lunch.（我吃了一小片牛肉當午餐。）

  ☞ 牛肉不可數，若要表達一小份，可使用單位量詞 a slice of。

【宙斯與狄密特的愛情故事】

不定數量詞

神話人物這樣說

狄密特是宙斯的姐姐也是太太，兩人育有一女。

Zeus: Demeter, though you are my sister, you still have some charm that I can't resist.

宙斯：狄密特，你雖然是我姊，但你有一些我難以抗拒的魅力。

圖解文法，一眼就懂

當名詞的總量未知或不確定，卻仍有計數需求時，無論可數不可數都能以「一些」、「很多」、「少數」等不定數量詞來表示。以上文為例，..., you still have some charm that I can't resist 中的 some 就是不定數量詞，以「一些」之意來計算不可數名詞 charm 的總量。

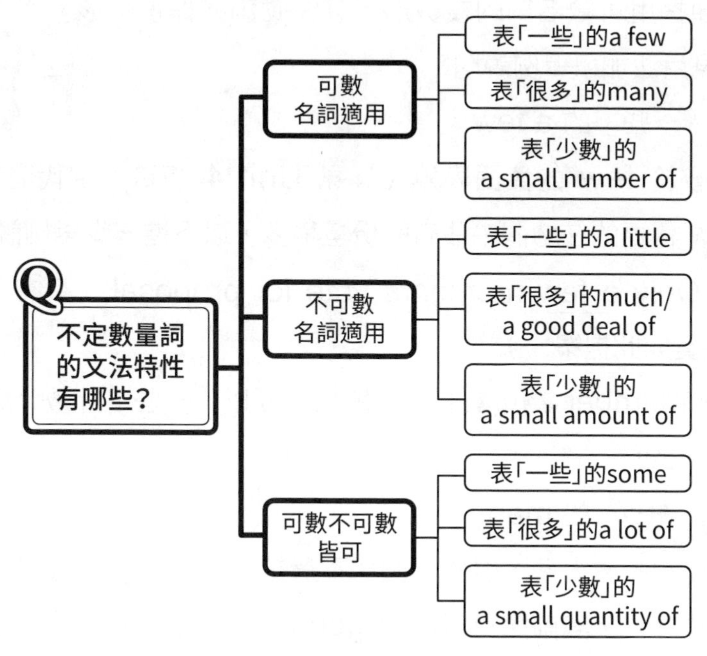

文法概念解析

若總量明確，一般而言會直接以「單複數」或是「單位量詞」表示數量。但倘若總量未知或不確定，卻仍有計數需求時，就會以「一些」、「很多」、「少數」等不定數量詞來表示。以上文神話人物這樣說為例，..., you still have some charm that I can't resist 中的 some 就是不定數量詞，表達「一些」之意。以下將不定數量詞細分為三類進一步舉例說明：

❶ 可數名詞適用

若以不定數量詞搭配可數名詞來計數，由於總數不會只有一個，因

此一律採用可數名詞的複數形，其後動詞亦採複數形。以下針對幾種常見用法加以舉例說明：

A. 表「一些」的 a few

相較於 few 的負面表述（詳見 Unit 4 複數不定代名詞），a few 傳達的在總體中佔有的份量稍多，以下進一步舉例說明：

例 Only a few members vote for proposal.（只有一些成員贊成此提案。）

☛ member 為可數名詞，所以若要以「一些」計數，應使用 a few。

B. 表「許多」的 many

若已知總數很多，但確切數字不清楚時，many 是最常見的表達方式之一，其前還可再用 a good / great 加強語氣。以下進一步舉例說明：

例 A great many travelers recommend this hotel.（許多旅客推薦這間飯店。）

例 traveler 為可數名詞，所以若要以「許多」計數，應使用 a few。

C. 表「少數」的 a small number of

number 為表達可數名詞總數的詞彙，其前加上形容詞 small，自然解釋為總數很小，也就是「少數」之意，以下進一步舉例說明：

例 Only a small number of students pass the exam this time.（這次考試只有少數學生及格。）

☛ student 為可數名詞，所以若要以「少數」計數，應使用 a small number of。

❷ 不可數名詞適用

若以不定數量詞搭配可數名詞來計數，由於不可數名詞應視為單數名詞，其後動詞應採單數形，以下針對幾種常見用法加以舉例說明：

A. 表「一些」的 a little

不同於 little 表「幾乎沒有」，若不可數名詞有表一些的需求時，應使用 a little，以下進一步舉例說明：

例 Fortunately, I still have a little time to prepare the reference for the meeting this afternoon.（很幸運地，我還有一些時間可以準備下午開會要用的參考資料。）

☞ 由於 time 為不可數名詞，若要以「一些」來計數，應使用 a little。

B. 表「許多」的 much / a good deal of

若所欲計數的名詞為不可數名詞，但有表達總量很大的需求時，much 與 a good deal of 是很常見的用法，以下進一步舉例說明：

例 I owe Nick a good deal of money.（我欠尼克很多錢。）

☞ 由於 money 屬於不可數名詞，若要以許多計數，應使用 much 或 a good deal of，但請注意 much 只能用在否定句或疑問句。

C. 表「少數」的 a large amount of

amount 為表達不可數名詞總數的詞彙，其前加上形容詞 small，自然解釋為總數很小，也就是「少數」之意，以下進一步舉例說明：

例 We only need a small amount of gas.（我們只需要少量的汽油。）

☞ gas 為不可數名詞，所以若要以「少數」計數，應使用 a small amount of。

❸ 可數不可數名詞皆適用

有些不定數量詞其後接不可數可數皆可，若接可數，搭配動詞複數形，若接不可數，則接單數形，以下進一步舉例說明：

A. 表「一些」的 some

例 1 Some functions don't work now.（現在有些功能故障了。）

☞ function 為可數名詞，搭配 some 時其後助動詞應採單數形。

例 2 I am not that hungry, so some bread is good enough.（我沒那麼餓，給我點麵包就行了。）

☞ bread 為不可數名詞，搭配 some 時其後 be 動詞應採單數形。

B. 表「許多」的 a lot of

例 1 A lot of documents are not well-categorized.（許多資料沒有妥善分類。）

☞ document 為可數名詞，搭配 a lot of 時其後動詞應採複數形。

例 2 A lot of money has been spent, but the efficiency is much lower than we expected.（大筆金錢已經投入，但效能卻遠低預期。）

☞ money 為不可數名詞，搭配 some 時其後助動詞應採單數形。

C. 表「少數」的 a small quantity of

例1 There are a small quantity of free gifts for kids.（有一些贈品可以給小孩。）

☞ gift 為可數名詞，搭配 a small quantity of 時其後動詞應採複數形。

例2 There is a small quantity of food left after party.（派對過後有一些食物剩下。）

☞ food 為不可數名詞，搭配 a small quantity of 時其後助動詞應採單數形。

例句示範

1 Many fans are waiting in line for the concert ticket now.
現在有許多粉絲正排隊購買演唱會門票。

特別提點

知道怎麼應用不定數量詞後，以下特別列舉 1 個會被我們誤用的句子，要小心避開這些文法錯誤喲！

- A small amount of employees will be fired this time.（這次有少數員工將會被開除。）

  ☞ employee 是可數名詞，所以應將 a small amount of 改為 a small number of。

【宙斯與狄密特為女兒波瑟芬爭執】

一般動詞

神話人物這樣說

狄密特要脅宙斯若不幫忙救女兒就讓大地無收。

Demeter: Zeus, you have to help me save our daughter, or all farmers will have no harvest.

狄密特：宙斯你得幫我救回我們的女兒，否則我就讓萬物欠收。

圖解文法，一眼就懂

動詞分 be 動詞、助動詞與一般動詞。一般動詞的分類依據有可數／不可數、及物／不及物、動態／靜態及瞬間／持續等。以上文為例，Zeus, you have to help me save our daughter, or all farmers will have no harvest 中的 help、save、have 都是一般動詞。

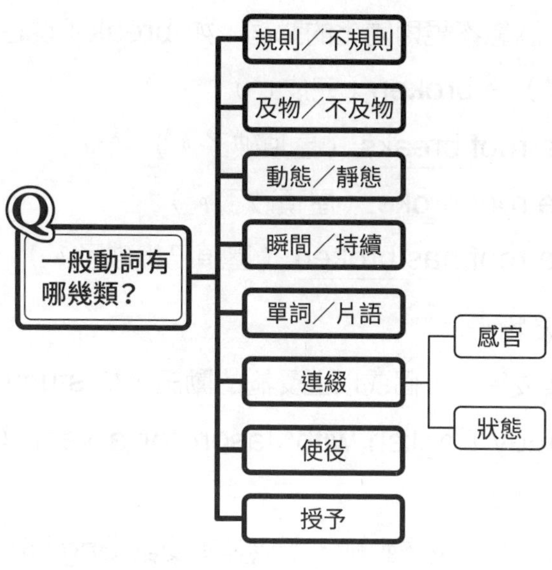

文法概念解析

英文的動詞共有三類，一是 be 動詞，二是助動詞，三是一般動詞。依照區分依據的不同，列舉常見的一般動詞分類：

❶ 規則 vs 不規則

A. 規則：詞態規則變化的動詞，如 open（現在式） opened（過去式）opened（完成式）

例1 Zeus helps Demeter to save their daughter.（宙斯幫助狄密特拯救他們的女兒。）

例2 Zeus helped Demeter to save their daughter.（宙斯幫助狄密特拯救他們的女兒。）

例3 Zeus has helped Demeter to save their daughter.（宙斯已經幫助狄密特拯救他們的女兒。）

B. 不規則：詞態不規則變化的動詞，如 break（現在式）→ broke（過去式）→ broken（完成式）

例1 The roof breaks.（屋頂破了。）

例2 The roof broke.（屋頂破了。）

例3 The roof has broken.（屋頂已經破了。）

❷ 及物 vs 不及物

A. 及物：其後須接一個或以上受詞的動詞，如 study、buy 等。

例1 I study English with Jason for a year.（我跟傑森學了一年英文。）

☞ study 為單及物動詞，所以其有受詞 English。

例2 I buy her a dress.（我買了件洋裝給她。）

☞ buy 為雙及物動詞，所以其後有 her 與 dress 兩個受詞。

B. 不及物：其後不須接受詞的動詞，如 sleep、cry 等。

例 I sleep 8 hours a day.（我一天睡八小時。）

☞ sleep 為不及物動詞，所以其後沒有受詞。

❸ 動態 vs 靜態

A. 動態：有進行式型態，可表動作、身體感受等的動詞，如 drink。

例 I am drinking water.（我正在喝水。）

☞ drink 為表動作的動態動詞，所以可運用進行式表動作正在進行中。

B. 靜態：無進行式型態，可表擁有、心理認知等動詞，如 forget。

例 I forget to close the window when I leave.（離開時我忘記關窗了。）

☞ forget 為表心理認知的靜態動詞，所以無現在進行式形態。

❹ 瞬間 vs 持續

A. 瞬間：動作瞬間就結束的動詞，如 arrive。

例 I will arrive in ten minutes.（十分鐘內我會到。）

☞ arrive 的動作只有短短那一刻，所以屬於瞬間動詞。

B. 持續：動作會持續一段時間的動詞，如 sing。

例 He sings a song for us.（他為我們唱了首歌。）

☞ sing 的動作可以一直持續，所以為持續動詞。

❺ 單詞 vs 片語

A. 單詞：單一詞彙即構成動詞，如 sell。

例 I sell him a camera.（我賣一台相機給他。）

☞ sell 即可單獨形成動詞，所以為單詞動詞。

B. 片語：兩個或以上單詞所組成的動詞，如 take care。

例 You should take care over your work.（你工作時要小心。）

☞ take care 為兩個單詞所組成的動詞，所以為片語動詞。

❻ 連綴

A. 感官：表人體器官感覺的動詞，如 taste。

例 It tastes good.（這很好吃。）

☞ 食物要吃才知道好吃與否，所以可用感官動詞 taste 來表示。

B. 狀態：表「變化」的動詞，如 become。

例 After the publication of his latest book, he has become a famous writer.（新書出版後，他搖身成為知名作家。）

☞ 知名度可因各種因素產生「變化」，所以可用狀態動詞 become 來表達此一改變。

❼ 使役：表「由某一行為引發另一行為」或「讓某人做某事」的動詞。如 make。

例 The bad smell makes me feel sick.（臭味令我感到不適。）

☞ 說話者聞到臭味後覺得人不舒服，所以可用使役動詞 make 來描述此種相互關係。

❽ 授予：表「給予」的動詞，其後有間接受詞（人）與直接受詞（物），如 give。

例 I gave Mary a book.（我給瑪莉一本書。）

☞ 此本書的所有權從說話者轉移至瑪莉，所以可用授予動詞 give 加以表達。

例句示範

1 Mark broke his left leg last night.
馬克昨晚摔斷他的左腿。

2 Mandy studies Chinese with Mr. Chen for one year.
蔓蒂跟陳先生學了一年中文。

3 Jason is having his dinner now.
傑森現在正在吃晚餐。

4 The book you order will arrive tomorrow morning.
你訂的書明天早上會到貨。

5 The soup tastes good.
這碗湯很好喝。

6 I give David some reference.
我給大衛一些參考資料。

特別提點

知道怎麼應用一般動詞後，以下特別列舉 3 個會被我們誤用的句子，要小心避開這些文法錯誤喲！

- I breaked my father's vase last night.（昨晚我打破我爸的花瓶。）
  - break 的詞態屬不規則變化，由於發生在過去，所以應將 breaked 改為 broke。
- I am forgetting to close the door when I leave my room.（我離開房間時忘記關門了。）
  - forget 屬靜態動詞，所以無進行式，應將 be forgetting 改為 forget。
- I am arriving, so please wait me for five more minutes.（我快到了，請在等我五分鐘。）
  - arrive 是瞬間動詞，所以應將 be arriving 改為 will arrive。

【宙斯與樂朵 Leto 的羅曼史】

動詞補語

神話人物這樣說

樂朵懷有宙斯之子，但仍被宙斯拋棄。

Leto: Though I have his baby, Zeus still forces me to leave him.

樂朵：雖然我懷了宙斯的孩子，但他仍逼迫我離開他。

圖解文法，一眼就懂

不完全及物動詞除須接受詞外，還需動詞補語才能完整表達語意，動詞補語的形式有原形動詞、名詞、形容詞、不定詞片語與 as / to be 加形容詞／名詞。上文中的 force 既為不完全及物動詞，以 Zeus 為受詞，不定詞片語 to leave him 為動詞補語。

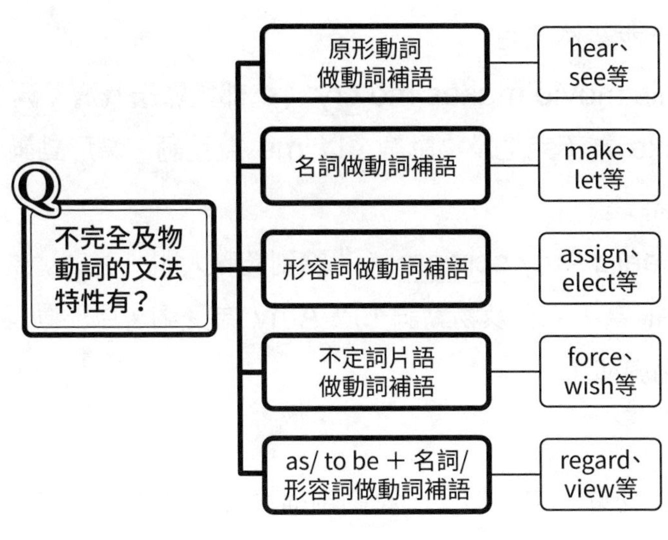

文法概念解析

補語，顧名思義指的是表「補充說明」的詞語。依此邏輯，動詞補語是對動詞加以補充說明。那何種動詞需要補充說明呢？答案是「不完全及物動詞」。不完全及物動詞指的是動詞之後除接受詞外，還須加上受詞補語，才能完整表達語意的動詞，而這也是此種受詞補語又名為動詞補語的由來。以上文神話人物這樣說為例，...for me to leave him 中的 force 就是不完全及物動詞，其動詞補語為 to leave him。根據補語形式的不同，可分為以下五種：

❶ 原形動詞

不完全及物動詞中以原形動詞為動詞補語的有使役動詞中的 make、let、bid、have，以及感官動詞的 see、feel、hear 等。

以下進一步舉例說明：

例1 This movie makes me cry.（這部電影讓我潸然淚下。）

☞ make 為不完全及物動詞，以 me 為受詞，原形動詞 cry 為動詞補語。

例2 I heard Amy scream.（我聽到艾咪大叫。）

☞ hear 為不完全及物動詞，以 Amy 為受詞，原形動詞 scream 為動詞補語。

❷ 形容詞

不完全及物動詞中以形容詞為動詞補語的有 make（此處做「使…成為」解）、let、paint 等，以下進一步舉例說明：

例1 His hardworking makes him successful.（他的努力使他成功。）

☞ make 為不完全及物動詞，him 為受詞，形容詞 successful 為動詞補語。

例2 I paint the walls of my room yellow.（我把自己房間的牆面漆成黃色。）

☞ paint 為不完全及物動詞，wall 為受詞，輔以介系詞片語 of my room 做修飾語，形容詞 yellow 為動詞補語。

❸ 名詞

不完全及物動詞中以名詞作為動詞補語有 assign、elect、choose 等。但要特別注意的是，如果名詞其前有冠詞，必須省略才符合文法規則。以下進一步舉例說明：

例1 We elect Mark a class leader.（我們選馬克當班長。）

☛ elect 為不完全及物動詞，Mark 為受詞，名詞 class leader 為動詞補語且其前不加冠詞。

例2 The general manager assigns me the leader of this project.（總經理指派我為專案負責人。）

☛ assign 為不完全及物動詞，me 為受詞，名詞 leader 為動詞補語，其後再以介系詞片語為修飾語。

❹ 不定詞片語

不完全及物動詞中以不定詞片語為動詞補語的有使役中表達強迫、要求的 force、wish、ask 等。以下進一步舉例說明：

例1 My bosses ask me to finish the report before three this afternoon.（我老闆要求我在今天下午三點前完成這份報告。）

☛ ask 為不完全及物動詞，me 為受詞，to finish the report 為不定詞片語，輔以介系詞片語 before this afternoon 做修飾語。

例2 The chief editor forces me to send him the document before five.（總編輯強迫我要在五點前把檔案寄給他。）

☛ force 為不完全及物動詞，me 為受詞，不定詞片語 to send him the document 為動詞補語，並輔以介系詞片語 before five 做修飾語。

❺ as / to be＋名詞／形容詞

不完全及物動詞中以 as / to be＋名詞／形容詞（as / to be 可省略）為動詞補語的有 regard、view 等。以下進一步舉例說明：

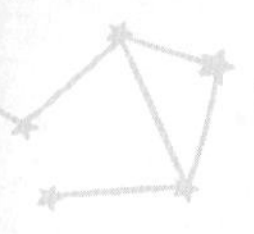

例1 I regard Jason as a good teacher.（我認為傑森是名好老師。）

regard 為不完全及物動詞，Jason 為受詞，as a good teacher 為動詞補語，as 可省略。

例2 He view this textbook as the bible of the learner in this field.（他視此教科書為此領域學習者的聖經。）

例句示範

1 I see Tom open the door.
我看到湯姆開門。

2 This documentary makes me cry badly.
這部紀錄片讓我嚎啕大哭。

3 Helen's unique marketing strategies make her successful in the competing market.
海倫獨特的行銷策略使她在此高度競爭市場中殺出一條血路。

4 Members elect Jenny as the president of the association.
成員們選珍妮做為協會會長。

5 Jason asks me to submit the report today.
傑森要求我今天交報告。

6 We regard him as a guru in this field.

我認為他是此領域的大師。

特別提點

知道怎麼應用動詞補語後，以下特別列舉 3 個會被我們誤用的句子，要小心避開這些文法錯誤喲！

- Jimmy's hardworking makes him success.（吉米的努力使他成功。）

  ☞ make 動詞補語為形容詞，所以應將 success 改為 successful。

- Residents elect Green the mayor of Green Town.（居民們選格林當格林鎮鎮長。）

  ☞ 做為 elect 動詞補語的名詞其前不能加冠詞，所以應將 the mayor 改為 mayor。

- I heard my younger sister to cry.（我聽到我妹哭。）

  ☞ hear 的動詞補語為原形動詞，所以應將 to cry 改為 cry。

【宙斯與施美樂 Semele 的羅曼史】

情態助動詞

赫拉用計讓宙斯發神威燒死施美樂。

Zeus: People will be incinerated if they look down upon me, so I beg Semele shall never ask this.

宙斯：凡人若鄙視我必定會被燒死，所以我拜託施美樂千萬別嘗試。

圖解文法，一眼就懂

情態助動詞指的是表情緒或狀態的助動詞，與主要動詞連用可表能力、可能性、意願、許可、命令、意圖、必然性等。以上文為例，People will be incinerated..., so I beg Semele shall never ask this. 中的 will 與 shall 都是情態助動詞，依序表必然性與決心。

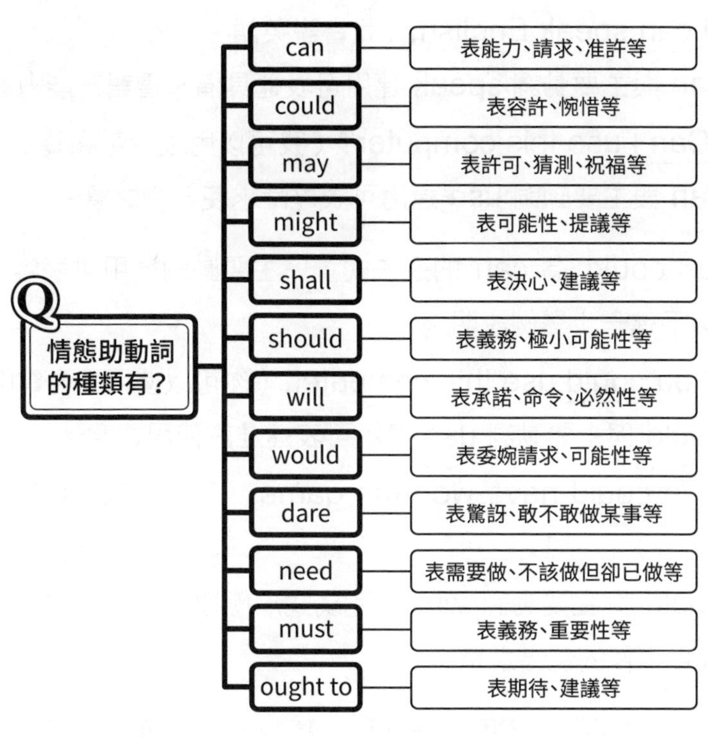

文法概念解析

情態助動詞指的是表情緒或狀態的助動詞。此類助動詞的特殊之處在於本身具「有一定意涵」，但仍保有助動詞「無法單獨使用」的特性，可協助主要動詞表能力、可能性、意願、許可、命令、意圖等，以上文神話人物這樣説為例，People will be incinerated if they look down upon me, so I beg Semele shall never ask this.中的 will 與 shall 都是情態助動詞。以下針對 12 種情態助動詞進一步舉例説明：

❶ can：與主要動詞連用可表能力、請求、准許等，以下進一步舉例説明：

例1 I can speak English.（我會說英語。）

☛ can 與主要動詞 speak 連用可表達具備某種語言能力之意。

例2 Can I use this computer?（我可以用這台電腦嗎？）

☛ can 與主要動詞 use 連用可表達請求使某物之意。

❷ could：could 為 can 的過去式，與主要動詞連用可表容許、惋惜等，以下進一步舉例說明：

例1 You could use this computer.（你可以使用這台電腦。）

☛ could 與主要動詞 use 連用可表達准許使用之意。

例2 We could have won the game.（我們本來可以贏這場比賽的。）

☛ could 與主要動詞 win 的完成式形態連用時，可以表達對沒有成真事件的惋惜之意。

❸ may：與主要動詞連用可表許可、猜測、祝福等，以下進一步舉例說明：

例1 This scandal may be true.（這個醜聞可能是真的。）

☛ may 與主要動詞 be 連用可表達猜測之意。

例2 May you be young forever!（祝您青春永駐！）

☛ may 與主要動詞 be 連用可表達祝福之意。

❹ might：might 為 may 的過去式，與主要動詞連用可表可能性（機率上比 may 更小）、提議等，以下進一步舉例說明：

例1 It might rain this afternoon.（今天下午應該會下雨。）

☛ might 與主要動詞 rain 連用可表達降雨機率不高。

例2 Might I take this?（我可以拿這嗎？）

☛ might 與主要動詞 take 連用可表提議。

❺ shall：與主要動詞連用可表決心、建議等。以下進一步舉例說明：

例1 We shall make the right judgment.（我們一定會做出正確判斷。）

☞ shall 與主要動詞 make 連用可表達做某事的決心。

例2 Shall we inform Mandy first?（我們要不要先通知蔓蒂呢？）

☞ shall 與主要動詞 inform 連用可表達。

❻ should：shall 的過去式，與主要動詞連用可表義務、極小可能性等。以下進一步舉例說明：

例1 All drivers should follow the traffic rules.（所有駕駛人都該遵守交通規則。）

☞ should 與主要動詞 follow 連用可表達遵守某事的實屬義務。

例2 If it should rain, then the party will be cancelled.（萬一下雨的話，派對就得取消。）

☞ should 與主要動詞 rain 連用可表達此事發生的可能性極低。

❼ will：與主要動詞連用可表承諾、命令、必然性等，以下進一步舉例說明：

例1 I will help you solve this problem.（我會幫助你解決這個問題。）

☞ will 與主要動詞 help 連用可表達願意給予協助的承諾。

例2 You will regret if you leave now.（如果你現在離開，你會為此後悔。）

☞ will 與主要動詞 regret 連用可表達後悔是必然發生之事。

❽ would：為 will 與 shall 的過去式。可表委婉請求、可能性等。以下進一步舉例說明：

例1 Would you help me?（可以幫我個忙嗎？）

☞ would 與主要動詞 help 連用可表委婉請求協助。

例2 The man would be in his 50s.（這位男士可能是五十幾歲。）

☞ would 與主要動詞 be 連用可表達可能性。

❾ dare：與主要動詞連用可表驚訝、敢不敢做某事等。以下進一步舉例說明：

例1 How dare you use my computer!（你竟敢用我的電腦！）

☞ dare 與主要動詞 use 連用可表達因為對方貿然使用自己物品所產生的驚訝之感。

例2 Dare you go bungee jumping with us?（你敢跟我們去高空彈跳嗎？）

☞ dare 與主要動詞 go 連用可表達感與對方一同去做某事。

❿ need：與主要動詞連用可表需要做、不該作但卻已做等。以下進一步舉例說明：

例1 Need I pick you up tomorrow?（明天需要去接你嗎？）

☞ need 與主要動詞 pick up 連用可表接送其必要性。

例2 You needn't have sent the mail.（你本來就不用寄出此信。）

☞ needn't 與主要動詞 have sent 連用可表達沒必要寄出某物但卻寄了。

⓫ must：與主要動詞連用可表義務、重要性等。以下進一步舉例說明：

例1 You must get the permission first.（你必須先取得許可。）

☞ must 與主要動詞 get 連用可表達取得某物實屬必要。

例2 You must memorize what I just told you.（你必須記下我剛跟你說的。）

☞ must 與主要動詞 memorize 連用可表達記住某事的重要性。

⑫ ought to：與主要動詞連用可表期待、建議等。以下舉例說明：

例1 This part ought to be exiting.（這場派對應該會很刺激。）

☞ ought to 與主要動詞 be 連用可表某事物可能具有某種特性。

例2 You ought to finalize this deal soon.（你應該盡快完成這筆交易。）

☞ ought to 與主要動詞 finalize 連用可表建議盡快完成某事。

例句示範

1 This news may be true.

這則消息可能是真的。

特別提點

知道怎麼應用情態助動詞後，以下特別列舉 1 個會被我們誤用的句子，要小心避開這些文法錯誤喲！

- You could get this job, but you miss it.（你本來可以得到這份工作的，但你錯過了。）

  ☞ could 搭配完成式才能表「本來……」，所以應將 get 改為 have gotten。

【愛歐 Io 和小白牛的故事】

情緒形容詞／數量形容詞

神話人物這樣說

宙斯害怕與愛歐偷情一事曝光，而將她變成小白牛。

Zeus: I am shocked when I know Hera notices I have some affairs with you, Io, so I transform you into one little white cow to keep you safe.

宙斯：愛歐，當我知道赫拉發現你我有曖昧時，我感到震驚，因此我把你變成一頭小白牛以策安全。

圖解文法，一眼就懂

情緒形容詞分為-ed 結尾與-ing，前者以人為主詞，表其情緒，後者以事物為主詞，表引起某人感覺的人物、條件、環境等。數量形容詞分為基數與序數，前者單純計數，後者計數外尚有順序之分。以上文為例 shocked 即為情緒動詞，表達說話者的震驚，而 one 則為數量形容詞，用以計算數量。

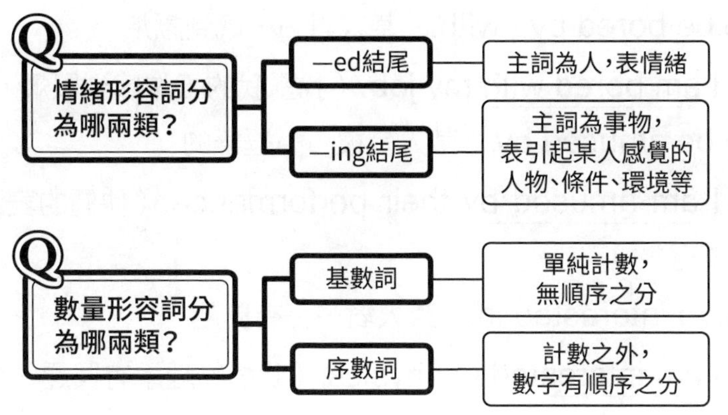

文法概念解析

情緒形容詞是形容詞誤用率極高的一種，其原因主要來自於對「分詞作形容詞」的迷思。由於現在分詞（Ving）帶有「主動」意涵，過去分詞（Ved）可表現「被動」語意，而情緒形容詞正是以字尾是-ing還是-Ved 作為區分依據，因此很容易就讓人產生「人主動產生情緒」和「情緒因事物而被產生」的結論，但如果就邏輯面作進一步思考，會發現其實「事物使人主動產生情緒」與「情緒因事物而被產生」才是正確的思維。以此思維做基礎，以下進一步舉例說明情緒形容詞的用法：

❶ 以-ed 結尾

用於描述某人感覺或表情的情緒，所以主詞通常會是人，並搭配的固定的介系詞，以下舉出五種不同的組合

A. sb. be amazed at... 某人對……感到驚嘆

例 I am amazed at what I just saw.（我對眼前所見感到驚訝不已。）

B. sb.be bored by / with... 某人對……感到厭煩

例 I am bored with my job.（我對我的工作感到厭煩。）

C. sb.be amused by... 某人是被……逗樂的

例 I am amused by their performance.（他們的表演把我逗樂了。）

D. sb.be interested in... 某人對……有興趣

例 I am interested in physics.（我對物理學有興趣。）

E. sb.be tired from... 某人對……是感到疲憊的

例 I am tired from the trip to Iceland.（我從冰島旅行回來後，感到很疲憊。）

❷ 以-ing 結尾

用於描述引起某人感覺的人物、條件、環境等，所以主詞通常會是事物，以下對照上段 A-E 五個例子進一步舉例說明。

A. sth.be amazing... 令人驚嘆

例 What I just said is amazing.（眼前所見令我驚嘆。）

B. sth.is boring... 令人厭煩

例 My job is boring.（我的工作令我厭煩。）

C. sth. is amusing... 很引人發笑

例 Their performance is amusing.（他們的表演很引人發笑。）

D. sth. is interesting... 很有趣

例 Physics is very interesting.（物理學很有趣。）

E. sth. is tiring... 很累人

例 The trip to Iceland is tiring.（去冰島這趟旅行很累人。）

除情緒形容詞外，數量形容詞也是形容詞中容易出錯的一類。數量形容詞顧名思義就是用來計數的形容詞，可細分成以下兩類：

❶ **基數詞**：指的是阿拉伯數字，僅計算數量，沒有順序之分，其組成規則如下：

A. 沒有規則的 0-12

英文中數字 0-12 依序為 zero、one、two、three、four、five、six、seven、eight、nine、ten、eleven、twelve。

B. 有規則的 13-19（但 13、15 不在此限）

由數字 1-9＋teen 所組成，但 13、15 屬特例，改以序數表示。13-19 依序為 thirteen、fourteen、fifteen、sixteen、seventeen、eighteen、nineteen。

C. 特殊的 20、30、40、50

未完全符合 D 點，20、30、40、50 依序為 twenty、thirty、forty、fifty。

D. 有規則 60、70、80、90

由數字 1-9＋ty 組成，依序為 sixty、seventy、eighty、ninety。

E. 沒有規則的百、千、百萬、十億、兆

英文數字百、千、百萬、十億、兆依序為 hundred、thousand、million、billion、trillion。

☞ 理解英文基數的組成規則後，只要掌握英文千進位的特性，就可表達所有數字，以下透過範例進一步舉例說明：

例 The retail price of this watch is twelve thousand one hundred and twenty five New Taiwan dollar.（這只手錶的零售價是一萬兩千一百二十五新台幣。）

👉 12000＝1000*12，故英文會以 twelve thousand 表示。

❷ 序數詞：指的是有順序的數字，其組成規則如下：

A. 沒有規則的第一、第二、第三

英文序數第一、第二、第三依序為 first、second、third。

B. 規則變化

a. 基數＋th＝序數→例：fourth、sixth 等等

b. 基數字尾有 ve 去 ve＋f＋the＝序數→例：fifth、twelfth

c. 基數字尾有 t 加 h＝序數→例：eighth

d. 基數字尾有 e 去 e＋th＝序數→例：ninth

e. 基數字尾有 ty 去 y，加 ieth→例：thirtieth (30th)

f. 有尾數的兩位數基數 個位數變序數，並以連字號(-)與十位數連接→例：sixty-first (61th)

👉 掌握序數變化規則後，以下針對其常見時機進一步舉例說明：

a. 樓層：I live on the first floor.（我住一樓。）

b. 分數：I spend one third of my salary buying this bag.（我花了三分之一的薪水買這個包包。）

c. 週年：Next Monday is the fifth anniversary of this museum.（下星期一是這間博物館的五週年紀念日。）

例句示範

1 I am amazed at his invention.

我對他的發明感到驚嘆。

2 I am satisfied with your arrangement.

我很滿意你的安排。

3 Though the trip is tiring, it is unforgettable as well.
這趟旅程雖然累人，但也讓人難忘。

4 This textbook cost me twenty-two USD.
這本教科書要價二十二美金。

特別提點

知道怎麼應用情緒形容詞與數量形容詞後，以下特別列舉 3 個會被我們誤用的句子，要小心避開這些文法錯誤喲！

- I am interesting in that interested experiment.（我對這個有趣的實驗感到興趣。）
  - 實驗讓人產生興趣，而實驗本身是有趣的，所以將 interesting 與 interested 的位置對換。
- This is the sixtieth-second floor.（這是六十二樓。）
  - 有尾數的兩位數基數要改為序數，尾數變序數即可，所以應將 sixtieth-second 改為 sixty-second。
- I am tiring from the trip to Finland.（芬蘭之旅後，我感到很疲憊。）
  - 表人感受的情緒形容詞應為-ed 結尾，所以應將 tiring 改為 tired。

【宙斯和歐羅佩 Europa 的羅曼史】

形容詞比較

宙斯為了要接近歐羅佩，化身成一頭公牛。

Zeus: To draw Europa's attention, I will transform myself into an ox with the strongest physique in the world.

宙斯：要吸引歐佩羅的注意，我將變身成一頭擁有最強健體格的公牛。

圖解文法，一眼就懂

形容詞的分級有原級、比較級、最高級。不比較時用原級，兩者比較時會用比較級，三者以上比較時則用最高級。比較級會遇到均等與不均兩種情況，最高級則因有表限定的需求，其前須與 the 連用，且其後須有介系詞。以上文 the strongest physique in the world 為例，最高級 strongest 其前有 the，其後有介系詞 in。

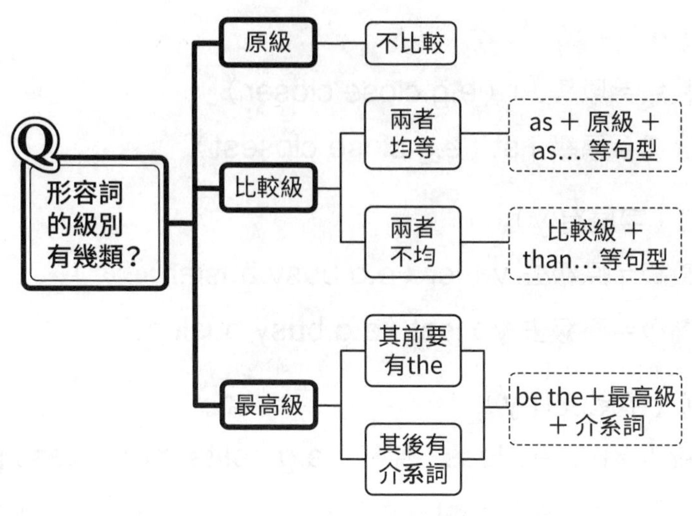

文法概念解析

形容詞共有三種級別，分別為原級、比較級、最高級。使用的級別不同，修飾的程度也隨之改變。當所形容的人事物未與其他人事物進行比較，應使用形容詞的原級。若牽涉到比較，就須使用比較級或最高級。以上文神話人物這樣說為例，I will transform myself into an ox with the strongest physique in the world 中的 the strongest 就是最高級。以下針對形容詞的級別變化規則進一步舉例說明：

❶ 單音節

A. 比較級＝原級＋er（e.g.cheap cheaper）

B. 最高級＝原級＋est（e.g.cheap cheapest）

❷ 單母音＋單子音

A. 比較級＝重複字尾＋er（e.g.big bigger）

B. 最高級＝重複字尾＋est（e.g.big biggest）

❸ 字尾有 e

A. 比較級＝原級＋r（e.g.close closer）

B. 最高級＝原級＋st（e.g.close closest）

❹ 雙音節（字尾有 y）

A. 比較級＝原級去 y＋ier（e.g.busy busier）

B. 最高級＝原級去 y＋iest（e.g.busy busiest）

❺ 雙音節（字尾沒有 y）

A. 比較級＝more / less＋原級（e.g.polite more / less polite）

B. 最高級＝more / least＋原級（e.g.polite most / least polite）

❻ 多音節

A. 比較級＝more / less＋原級（e.g. beautiful more / less beautiful）

B. 最高級＝more / least＋原級（e.g.beautiful most / least beautiful）

❼ 不規則變化

原級	比較級	最高級
bad	worse	worst
good / well	better	best
ill	worse	worst
far	farther / further	farthest / furthest
few / little	less	least
many / much	more	most
old	older / elder	oldest / eldest

理解比較級與最高級的變化規則後，以下針對兩者常見用法進一步舉例說明：

❶ 比較級

兩人事物做比較時，可能出現以下幾種情況：

A. 兩者相等：

A as 原級 as B 句型可表達兩者程度相等，以下進一步舉例說明：

例 The book is as thick as the other.（這本書與另一本厚度相同。）

☞ 兩本書在所比較的特性上程度相等，所以可 as 原級 as 來表示。

B. 兩者不等

A 比較級 than B 可表達兩者程度不等，以下進一步舉例說明：

例 Sandy is older than Mandy.（姍蒂比蔓蒂年紀大。）

☞ 被比較的兩人年紀並不相同，所以可用 A 比較級 than B 來表示。

C. 越來越／越來越不……

若某事正不斷產生變化，無論是往的正向或負向發展，都是針對不同階段做比較，所以可運以下兩種句型表示：

a. 比較級 and 比較級

例 My older brother is growing taller and taller.（我哥長得越來越高。）

☞ 說話者哥哥的身高是正向增加，所以可用比較級表示。

b. The 比較級，the 比較級＋主詞＋動詞

例 The more Mark thought about the project, the less he liked it.（馬克越是考慮這個專案，就越不喜歡它。）

👉 馬克對於此專案的喜好程度屬負向減少，所以可用比較級表示。

❷ 最高級

若比較的人事物在三個以上，就須使用最高級。以下進一步舉例說明：

A. 其前有定冠詞 the

由於最高級比較的對象至少有三，所以需透過定冠詞 the 來對程度最高的那個進行限定，以下進一步舉例說明：

例 Mary is the tallest girl in our class.（瑪莉是我們班上最高的女孩。）

👉 連同說話者自己在內，說話者要比較的對象至少有三人，故可用最高級來表示。

B. 其後需有介系詞

依據最高級所比較的對象所在範圍的不同，所需搭配的介系詞也不同，例如範圍為團體或地點時，應使用 in，以下進一步舉例說明：

例 Nick is the tallest boy in the class.（尼克是班上最高的男生。）

👉 class 是一個團體，所以最高級之後搭配的介系詞為 in。

C. One of... 與最高級的連用

最高級表達的是在特定三個以上的對象中的有一個程度是最高的。此程度最高的人事物又可以於與具有相同特性的其他對象組成一個群體，而這就是 one of the 最高級其後為何是加複數名詞的原因，以下進一步舉例說明：

例 Prague is one of the most beautiful cities I have visited.（布拉格是我去過最美的城市之一。）

例句示範

1. The room is as big as the other.
   這個房間跟另一間一樣大。

2. Kevin is taller than Mark.
   凱文比馬克高。

3. The more he explains, the less I trust him.
   他解釋的越多，我就越不信任他

特別提點

知道怎麼應用比較級與最高級後，以下特別列舉 2 個會被我們誤用的句子，要小心避開這些文法錯誤喲！

- The box is as bigger as the other.（這個箱子跟另一個一樣大。）
  ☞ as 原級 as... 才能表達兩者均等，所以應將 bigger 改為 big。

- Wendy is smartest in this team.（溫蒂是此團隊中最聰明的。）
  ☞ 最高級其前須加定冠詞，所以 the smartest 才是正確用法。

【宙斯和美亞 Maia 的羅曼史】

頻率副詞

神話人物這樣說

美亞為宙斯生下一子，名為荷米斯（Hermes）。

Zeus: To escape Hera’s punishment, Maia always hides herself and our son in a cave.

宙斯：為躲避赫拉的懲罰，美亞總將自己與我們的兒子藏於洞穴之中。

圖解文法，一眼就懂

頻率副詞指的是用來表達某事物或動作發生頻率或次數的副詞。表頻率的頻率副詞有 **always**、**usually** 等，表次數的頻率副詞則有基數＋**times**、**every**＋時間單位等組合。以上文為例，**Maia always hides herself and our son in a cave** 中的 **always** 就是頻率副詞，可說明事件發生的頻率。

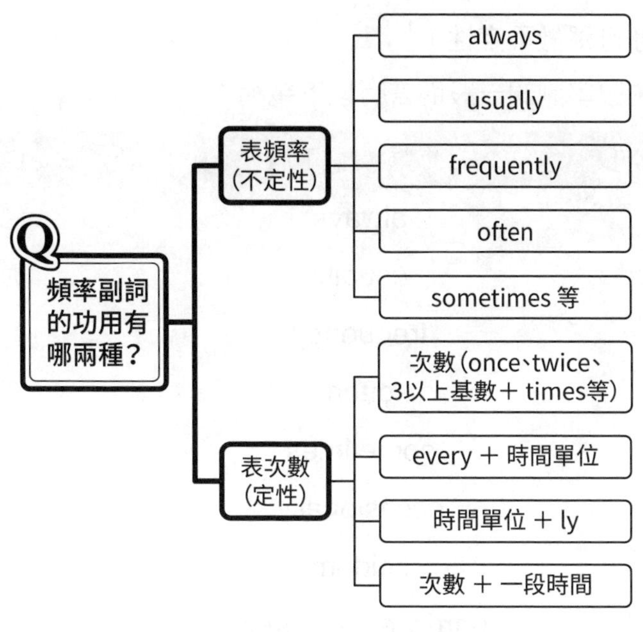

文法概念解析

頻率副詞顧名思義指的是用來表達某事物或動作發生頻率或次數的副詞，英文經常用來回答以 how often 開頭的問句。由於頻率指的是發生可能性的高低，次數是直接明確指出發生了幾次，故將兩者分類列出，如下：

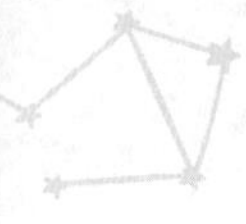

❶ 頻率（亦可稱做不定性）[1]

表頻率的頻率副詞一般而言有以下幾種：

頻率高低	頻率副詞	中譯
高	always	總是
↓	usually	通常
	frequently	屢次
	often	經常
	sometimes	有時
	occasionally	偶爾
	seldom	甚少
	hardly ever / rarely	幾乎沒有
低	never	從不

以下以相同事件但搭配不同表頻率的頻率副詞進一步說明

例1 I always take a bus to school.（我總是搭公車上學。）→此事一定會發生

例2 I usually take a bus to school.（我通常搭公車上學。）

例3 I frequently take a bus to school.（我屢次搭公車上學。）

例4 I often take a bus to school.（我經常搭公車上學。）→此事可能會發生

例5 I sometimes take a bus to school.（我有時搭公車上學。）

例6 I occasionally take a bus to school.（我偶爾搭公車上學。）

[1] 由於頻率取決自由心證，次數不明確，故有文法學家將其稱為不定性。

例7 I seldom take a bus to school.（我甚少搭公車上學。）

例8 I hardly ever take a bus to school.（我幾乎沒有搭公車上學。）

例9 I never take a bus to school.（我從未搭公車上學。）→此事不會發生

❷ 次數（亦可稱做定性）[2]

表次數的頻率副詞的數量很多，但其組成通常為以下四種：

A. 次數（e.g. once、twice、3 以上基數＋times 等）

例 I have been there twice.（我去過該地兩次。）

B. every+時間單位（e.g. every month）

例 I play tennis every Thursday.（我固定星期四打網球。）

C. 時間單位＋ly（e.g. monthly）

例 I maintain my car seasonally.（我每季保養車子一次。）

D. 次數＋一段時間（e.g. once a month）

例 I eat pizza twice a month.（我一個月吃兩次比薩。）

理解了頻率副詞的基本架構後，以下針對頻率副詞在句中的擺放位置進一步舉例說明：

❶ 主要動詞（be 動詞以外的一般動詞）前

例 To escape Hera's punishment, Maia always hides herself and our son in a cave.（為了躲避赫拉的懲罰，美亞總是將自己與我們的兒子藏身於洞穴之中。）

☞ 本句的主要動詞為 hide，於其前擺放頻率副詞 always 可表

[2] 由於次數無模糊空間，故有文法學家將其稱為定性。

達動作發生的頻率。

❷ Be 動詞後

例 These children are <u>always</u> naughty.（這些孩子總是很調皮。）

☞ 頻率副詞 always 與 be 動詞連用表頻率時，有時會用於描述經常發生的負面事件，以本句為例，調皮就屬惹人嫌惡的行為。

❸ 助動詞後

例 You can <u>always</u> ask me for help if needed.（如有需要，你隨時可以跟我求救。）

☞ 頻率副詞 always 和助動詞 can 連用表頻率時，通常用來描述經常發生的正面事件，以本句為例，說話者表達的就是隨時都可請他幫忙。

❹ 若有兩個助動詞，放兩者之間

例 The readers may <u>never</u> have noticed the error.（讀者們可能從未發現此錯誤。）

☞ 此句共有 may 與 have 兩個助動詞，故頻率副詞 never 應置於兩者之間。

例句示範

1 As long as I have enough time to cook, I <u>seldom</u> eat out.

有時間煮飯的話，我甚少外食。

2 I have been there once.

我曾去過那裡一次。

3 I play badminton every Tuesday.

我固定星期二打羽球。

4 I wash my car weekly.

我每週洗車一次。

特別提點

知道怎麼應用頻率副詞後，以下特別列舉 3 個會被我們誤用的句子，要小心避開這些文法錯誤喲！

- I play often basketball after school.（放學後我經常打籃球。）
  - 頻率動詞應置於一般動詞前，所以應將 play often 改為 often play。

- I examine this machine every monthly.（我每個月檢察機器一次。）
  - 頻率副詞沒有 every＋時間單位 ly 的用法，所以應改為 every month 或是 monthly。

【宙斯和達妮 Dione 的羅曼史】

程度副詞

神話人物這樣說

宙斯化身成為黃金雨滲入達妮身體使其懷孕。

Zeus: Dione is very beautiful, so I have to find some ways to get close to her.

宙斯：達妮非常漂亮，所以我得想個方法來接近她。

圖解文法，一眼就懂

程度副詞是能夠表達程度的副詞，可讓被修飾的形容詞與副詞等的語意更加強烈或是減弱。程度副詞有級別之分，通常位於被修飾詞類之前，以上文為例，Dione is very beautiful... 中的 very 就是程度副詞，可強化 beautiful 的程度。

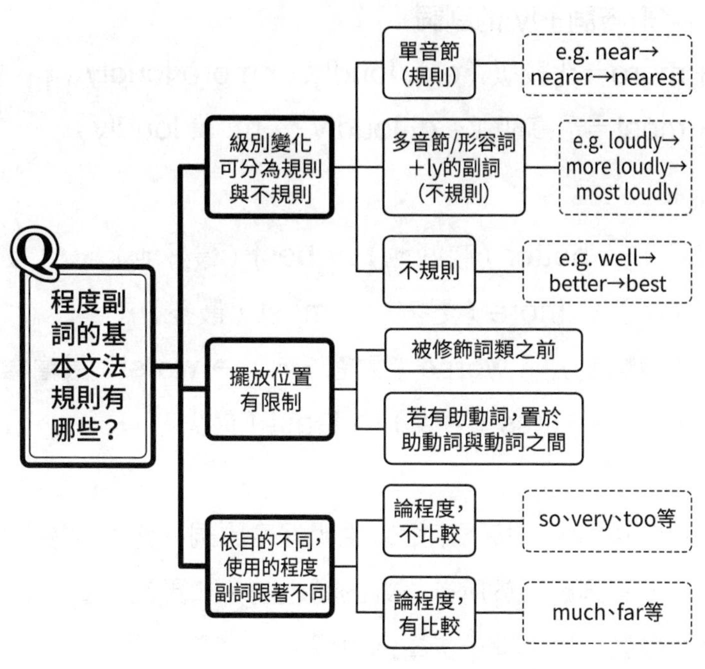

文法概念解析

程度副詞顧名思義指的是能夠表達程度的副詞，可使被修飾的形容詞與副詞等的語意更加強烈或是減弱，以上文神話人物這樣說為例，Dione is very beautiful... 當中的 very 就是程度副詞，可修飾其後的形容詞 beautiful 的程度。程度副詞與形容詞相同，具有級別之分，根據單字組成特性的不同，其基本構成規則可分為以下三類：

❶ 單音節／雙音節（僅少數）

原級＋er＝比較級（e.g. near → nearer）

原級＋est＝最高級（e.g. near → nearest）

❷ 多音節／形容詞＋ly 的副詞

原級＋more＝比較級（e.g. loudly → more loudly）

原級＋most＝最高級（e.g. loudly → most loudly）

❸ 不規則

well（好）→ better（較好地）→ best（最好地）

much（多）→ more（更多）→ most（最多）

badly（糟糕地）→ worse（更糟糕地）→ worst（最糟糕地）

little（很少）→ less（更少）→ least（最少）

理解組成規則後，接下來繼續說明程度副詞在句中的擺放位置。一般而言，程度副詞應置於所欲修飾詞類之前，如更動位置，整個句子的語意也隨之變動，以下進一步舉例說明：

❶ 程度副詞＋動詞

例 This team nearly won all games.（所有比賽這支隊伍差點就贏了。）

☛ 程度副詞 nearly 可修飾其後的動詞 won，形成幾乎要贏的語意。但幾乎要贏還是等同輸，所以例句 1 所描述的隊伍是屢戰屢敗。

❷ 程度副詞＋形容詞／副詞

例 This team won nearly all games.（這支隊伍幾乎所有比賽都贏了。）

☛ 程度副詞 nearly 修飾其後的形容詞，形成幾乎、全部的語意。

幾乎全部都贏就是只輸了少數幾場，所以例二所描述的隊伍近乎屢戰屢勝。

❸ 助動詞＋程度副詞＋主要動詞

例 This team has nearly won all games in an amateur league, so the team owner decides to challenge the professional league next year.（這支隊伍已經幾乎贏遍業餘聯盟的所有比賽，所以球隊老闆決定明年挑戰職業聯盟。）

☞ 由於此句有助動詞 have 與主要動詞 won，所以程度副詞 nearly 的正確位置應於兩者之間。

掌握程度副詞的組成規則與擺放位置後，以下將程度副詞分為兩類，進一步說明其搭配用法：

❶ 論程度，不比較

一般而言，so、very、too、quite、almost 等程度副詞通常用於表達某一人事物當前狀態的程度高低，以下進一步舉例說明：

例 1 They look very happy.（他們看起來非常快樂。）

☞ 程度副詞 very 可修飾其後形容詞 happy，以便加強語氣。

例 2 They try so hard, but fail in the long run.（他們很努力，但最後還是失敗了。）

☞ 程度副詞 so 修飾其後副詞 hard，以便加強語氣。

❷ 論程度，有比較

一般而言，much、far、even、no、hardly any 等程度副詞除表

達程度外，也帶有比較之意，說明被比較的其中一者程度較高或較低，以下進一步舉例說明：

例1 The situation is even better than we think.（情況比我們想的還要更好。）

☞ 程度副詞 even 修飾其後形容詞 better，並表達出實際情況與預想的差異。

例2 Because of the traffic jam, I arrive a little bit late.（因為塞車，所以我稍微晚到。）

☞ 程度副詞 a little 修飾其後的形容詞 late，並表達出實際抵達時間跟預計時程的差異。

例句示範

1. Her performance is very impressive.
   她的表現非常令人印象深刻。

2. Jimmy only cares about himself.
   吉米只關心他自己。

3. I almost finish the work when my friend arrives.
   我朋友抵達時我工作也差不多做完了。

4. I didn't quite believe his words.
   我不太相信他所說的話。

5 The situation is even worse than we think.
情況比我們想的還糟。

6 Because of the technical problem, we are a little bit behind the schedule.
因為技術問題，我們現在有點進度落後。

特別提點

知道怎麼應用程度副詞後，以下特別列舉 3 個會被我們誤用的句子，要小心避開這些文法錯誤喲！

- They look even happy.（他們看起來很快樂。）
  本句僅論程度，所以應將兼表比較的 even 改為 so 等適用無比較的程度副詞。

- The repair fee is so higher than I think.（維修費用比我想得還高出許多。）
  此句並非單純談程度，所以應將 so 改為 much 等可表比較的程度副詞。

- David quite didn't trust what I just said.（大衛不太相信我剛才所說的話。）
  程度副詞應置於助動詞與動詞之間，所以應將 quite didn't trust 改為 didn't quite trust。

【宙斯和麗妲 Leda 的羅曼史】

情狀副詞

神話人物這樣說

為了不驚擾麗妲，宙斯化身天鵝接近她。

Zeus: Not to scare Leda, I will get transferred myself into a swan to get close to her gently.

宙斯：為了不要驚嚇到麗妲，我將化身一隻天鵝小心翼翼地接近她。

圖解文法，一眼就懂

情狀副詞指的是能夠説明動作情形或狀態的副詞。多數的情狀副詞是由形容詞加 ly 變化而來，並有級別的差異。一般而言，情狀副詞會置於形容詞之前、動詞之後或整句之前。以上文為例，I will get transferred myself into a swan to get close to her gently 中的 gently 就是情狀副詞，可以説明 get close 動作的狀態。

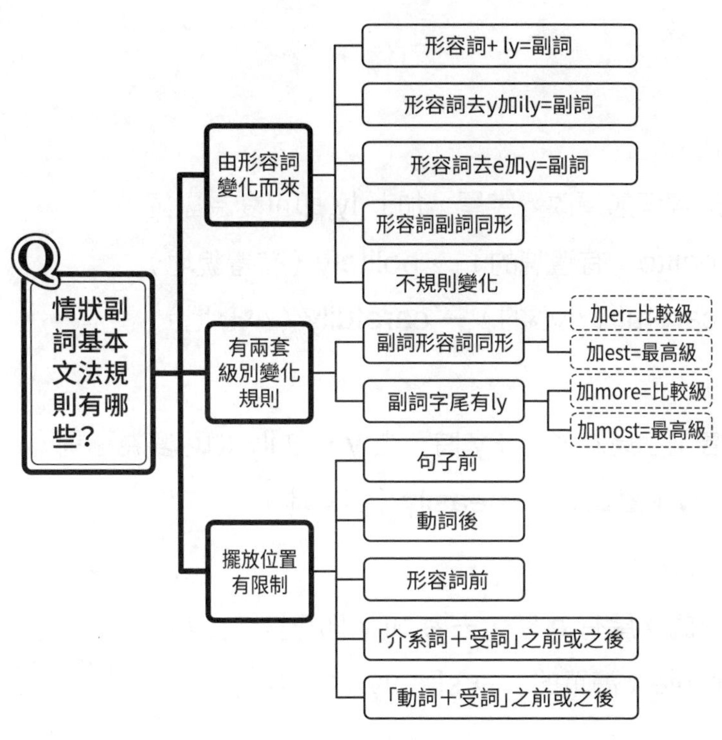

文法概念解析

情狀副詞又稱為「方法副詞」，指的是能夠說明動作情形或狀態的副詞，通常是由形容詞加上 ly 變化而來[1]，用於回答 how 開頭的問句。以上文神話人物這樣說為例，I will get transferred myself into a swan to get close to her gently. 中的 gently 就是情狀副詞，可以說明 get close 動作的狀態。以下針對情狀副詞構成規則進一步說

[1] 雖然情狀副詞多以 ly 結尾，但並非所有 ly 結尾的單字都是副詞。以 friendly 與 lovely 為例，兩者字尾都有 ly，但卻都是形容詞，語意分別為「友善的」、「可愛的」。

明：

❶ 直接加 ly

有些形容詞無須改變字尾，加上 ly 即可變為副詞。

例 1 polite（有禮貌的）→ politely（有禮貌地）

例 2 careful（小心的）→ carefully（小心地）

❷ 加 ily

當形容詞字尾為子音＋y 時，去 y，加 ily 即可變為副詞。

例 easy（簡單的）→ easily（簡單地）

❸ 去 e 加 y

當形容詞字尾有 e 時，去 e 加 y 即可變為副詞。

例 simple（簡單的）→ simply（簡單地）

❹ 不加 ly

有些詞彙形容詞副詞同形，因此不須加上 ly，以下進一步舉例説明：

A. fast

fast 做形容詞解時，意為「快速的」，若做副詞解，則為「快速地」，以下進一步舉例説明：

例 Mark thinks fast.（馬克腦筋動很快。）

☞ fast 形容詞副詞同形，所以 think fast 為正確語法。

B. hard

hard 做形容詞解時，意為「辛苦的」，若做副詞解，則為「努力地」。以下進一步舉例説明：

例 David works hard.（大衛努力工作。）

☞ hard 形容詞副詞同形，所以 work hard 為正確語法。註：英文中的確有 hardly 一字，但意為「幾乎不」，不可誤用。

C. early

early 做形容詞解時，意為「早的」，若做副詞解，則為「早地」。以下進一步舉例說明：

例 He gets up early today.（他今天很早起。）

☞ early 形容詞副詞同形，故 get up early 為正確語法。

❺ 不規則變化

有些形容詞要變副詞，既不是加 ly，也不是副詞形容詞同形

例 good（好的）→ well（好好地）。

❻ 比較級與最高級

情態副詞與形容詞相同，具有級別之分，以下針對其變化規則進一步舉例說明：

A. 規則變化

a. 形容詞副詞同形：

I. 原級＋er＝比較級（e.g. fast → faster）

II. 原級＋est＝最高級（e.g. fast → fastest）

b. 字尾有 ly

I. more＋原級＝比較級（e.g. beautifully → more beautifully）

II. most＋原級＝最高級（e.g. beautifully → most beautifully）

B. 不規則變化

例 well（好好地）→ better（較好地）→ best（最好地）

例 badly（糟糕地）→ worse（更糟糕地）→ worst（最糟糕地）理解情狀副詞的基本組成後，以下針對句中擺放位置進一步舉例說明：

1 可置於句首，修飾整個句子

例 Unfortunately, this project is terminated.（很不幸地，此專案已終止。）

☞ 情狀副詞 unfortunately 置句首時，可修飾 this project is terminated 這個句子，表達對此事件的惋惜之意。

2 可置於形容詞前，修飾形容詞

例 Peter is truly smart.（彼得真的很聰明。）

☞ 情狀副詞 truly 可修飾其後形容詞 smart，強調對方是「真的」聰明。

3 可置於動詞後，修飾動詞

例 He runs fast.（他跑得很快。）

☞ 情狀副詞 fast 可修飾其前動詞 run，說明此動作的狀態。

4 可置於「介系詞＋受詞」之前或之後

例 Mark sadly looks at his broken glasses.（馬克傷心地看著他壞掉的眼鏡。）

☞ 由於受詞 her broken glasses 其前有介系詞 at，所以可將情狀副詞 sadly 置於其前。

5 可置於「動詞＋受詞」之前或之後

例 I carefully move the refrigerator.（我小心地移動冰箱。）

由於動詞 **move** 其後有受詞 **the refrigerator**，所以可將情狀副詞 **carefully** 置於動詞之前。

例句示範

1 Leo thinks fast, so I recommend him as the leader of project.

里歐腦筋動得快，所以我推薦他負責這個專案。

2 Kevin moves this painting carefully.

凱文小心地搬動這幅畫。

特別提點

知道怎麼應用情狀副詞後，以下特別列舉 2 個會被我們誤用的句子，要小心避開這些文法錯誤喲！

- Ben works hardly.（班努力工作。）

  hard 的形容詞副詞同形，所以應將 hardly 改為 hard。

- Ryder looks at angrily me.（萊德憤怒地看著我。）

  情狀副詞不能放在介系詞與受詞間，所以應將 angrily 前移至 looks 之前或 me 之後。

【普羅米修斯與雅典娜創造人類】

雙賓動詞

神話人物這樣說

普羅米修斯用黏土造人，並使其能夠站立。

Prometheus: I use clay to create human, and I bring civilization to them.

普羅米修斯：我用黏土創造人類，並為其帶來文明。

圖解文法，一眼就懂

雙賓動詞是授與動詞的另一種說法。授與動詞其後有直接受詞與間接受詞，直接受詞在前時，其後要加介系詞（on、of、for、to），才能再接間接受詞。以上文為例，..., and I bring civilization to them. 中的 bring 就是雙賓動詞，其後的 civilization 為直接受詞，them 為間接受詞。

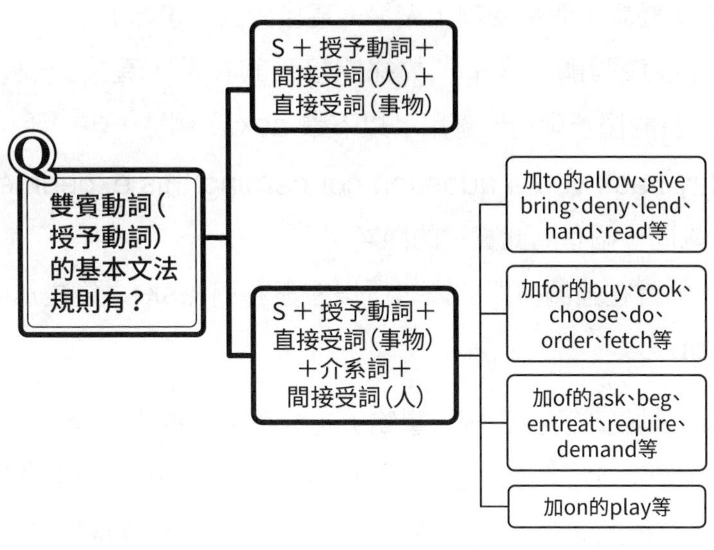

文法概念解析

對許多英語學習者來說，雙賓動詞聽起來有些陌生，原因在於對「賓」的意涵無法掌握。雙賓的「賓」是指賓語，是「受詞」的另一種說法。依此邏輯，雙賓動詞其後須接兩個受詞。說明至此，諸位或許已經能夠理解雙賓動詞的文法特性，但對於哪些動詞屬於雙賓動詞可能依然一頭霧水。雙賓之名是從文法結構面來切入，若從語意面切入，其名稱就是大家所熟悉的授與動詞，例如 give、bring、buy、order、ask、require、play 等。

授與動詞其後所接的受詞，一為直接受詞（通常是事物），一為間接受詞（通常為人）。依照強調重點不同，其句型可細分為以下兩類：

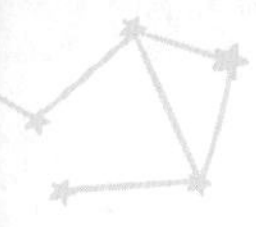

❶ S＋授與動詞＋間接受詞（人）＋直接受詞（事物）

此一句型較強調「人」，故採間接受詞在前，直接受詞在後的語序，所有的授予動詞皆適用。以下舉 ask 為例進一步説明：

例 May I ask you a question concerning this experiment?（我能夠問一個有關此實驗的問題嗎？）

☞ 此句旨在強調被問的人，所以授與動詞 ask 之後先加間接受詞 you。

❷ S＋授與動詞＋直接受詞（事物）＋介系詞＋直接受詞（人）

此一句型較強調「事物」，所以在直接受詞之前，介系詞居中，間接受詞在後的語序。但需特別注意的是，各授與動詞有其固定搭配的介係詞，以下針對其四大分類進一步舉例説明：

A. 加 to

直接受詞在前，須於間接受詞前加 to 的授與動詞有 allow、bring,、deny、lend、hand、give、grant、offer、read、owe、pay、tell、teach、pass、promise、permit、show、send、sell、refuse、throw、write 等。以下舉 give 與 lend 為例進一步説明：

例1 Dennis gives a book to me.（丹尼斯給我一本書。）

☞ 此句旨在強調給予的物品，所以應在間接受詞 me 前加 to 以符合文法。

例2 James lends his car to me.（詹姆士把他的車借給我。）

☞ 此句旨在強調借出的東西，所以應在間接受詞 me 前加 to 以符合文法。

B. 加 for

直接受詞在前，須於間接受詞前加 for 的授與動詞有 buy、cook、choose、do、order、fetch、get、leave、make、pick、sing、reach、spare、save 等。以下舉 buy 與 fetch 為例進一步說明：

例1 Linda buys a watch for her younger sister.（琳達買了只手錶給她妹妹。）

☞ 此句旨在強調購買的物品，所以應在間接受詞 her younger sister 之前加 for 以符合文法。

例2 Can you fetch the book for me from the desk?（可以請你幫我把書從桌上拿過來嗎？）

☞ 此句旨在強調拿取的物品，所以應在間接受詞 me 前加 for 以符合文法。

C. 加 of

直接受詞在前，須於間接受詞前加 of 的授與動詞有 ask、beg、entreat、require、demand、request 等。以下舉 ask 與 beg 為例進一步說明：

例1 May I ask a question concerning this experiment of you?（我能夠問一個有關此實驗的問題嗎？）

☞ 本句旨在強調所問的問題，所以應在間接受詞 you 之前加 of 以符合文法。

例2 Dan begs financial support of me.（丹向我請求金援。）

☞ 本句旨在強調所請求的事情，所以應在間接受詞 me 之前加 of 以符合文法。

D. 加 on

直接受詞在前，須於間接受詞前加 on 的授與動詞有 play。以下進一步舉例說明：

例 Wendy plays a joke on her colleague Amy.（溫蒂對她的同事艾咪開了個玩笑。）

☞ 本句旨在強調所做出的行為，所以應在間接受詞 her colleague Amy 之前加 on 以符合文法。

例句示範

1. Ken lends me his heavy motor.
   肯把他的重機借給我。

2. Peter shows his invention to me.
   彼得向我展示他的發明。

3. I buy some food for my older brother.
   我買了些食物給我哥。

特別提點

知道怎麼應用雙賓動詞後，以下特別列舉 2 個會被我們誤用的句子，要小心避開這些文法錯誤喲！

- Liz writes an e-mail for me.（麗姿寫了封電子郵件給我。）

  ☛ write 先接直接受詞時，搭配的介系詞應為 to。

- I request a prompt response to her.（我要求她即時回覆我。）

  ☛ request 先接直接受詞，搭配的介系詞應為 of。

【普羅米修斯為人類偷火】

對等連接詞／從屬連接詞

神話人物這樣說

因與宙斯有嫌隙，普羅米修斯幫人類偷火。

Prometheus: I know how hard your life is, so I steal fire from Mount Olympus to you.

普羅米修斯：我知道你們生活苦，所以我從奧林帕斯山偷火給你們。

圖解文法，一眼就懂

對等連接詞兩側需連接相同的文法結構，兩結構的重要性相當，無主從之分，共有 and、or、but、so、for、yet、nor 七種。從屬連接詞依照提供資訊的不同可細分為表時間、表地點等類別。以上文為例，..., so I steal fire from Mount Olympus to you 中的 so 就是對等連接詞，傳達其後的內容為前句的結果。

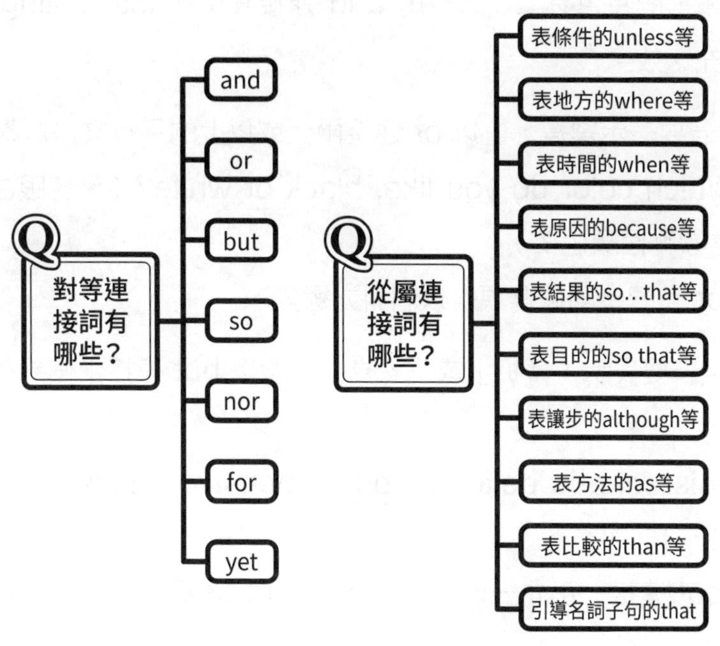

文法概念解析

連接詞是用來連接單字、片語、子句與完整句的詞彙。對等連接詞兩側需連接相同的文法結構，兩個結構的重要性相當，無主從之分。以上文神話人物這樣說為例，I know how hard your life is, so I steal fire from Mount Olympus to you 中的 so 就是對等連接詞，連接兩個子句。一般而言，對等連結詞有七種，以下進一步舉例說明其用法：

❶ and：若要表示「附加」或「補充」，會以 and 連接兩個平行文法解構。

例 This is exciting and interesting.（這部電影既刺激又有趣。）

☞ 電影的特色有二，故可用 and 連接其後的 interesting 以達補充之效。

❷ or：若要表示選擇，會以 or 連接兩個或以上的平行文法解構。

例 Which color do you like, black or white?（黑色跟白色，你喜歡哪個顏色？）

☞ or 可連接兩個選項，以利對方選擇。

❸ but：若要表示「轉折」或「對立」，會以 but 連接兩個平行文法解構。

例 This cake is delicious but expensive.（這個蛋糕好吃但很貴。）

☞ but 連接一正向一負向的形容詞，可達轉折之效。

❹ so：若要表示「結果」，會以 so 連接兩個獨立子句，並以逗號隔開，由 for 引導的子句做為前句的結果。

例 It is cold outside, so I wear a jacket.（外面很冷，所以我穿起外套。）

☞ 由 so 所引導的獨立子句可做為前句 it is cold outside 所引發的結果。

❺ nor：若要附加一個否定陳述，會以 nor 連接兩個平行文法解構。

例 He is neither tall nor strong.（他不高也不壯。）

☞ neither 其後已接一個否定陳述，以 nor 連接可再附加第二個。

❻ for：若要表示「解釋」，會以 for 連接兩個獨立子句，並以逗號隔開，由 for 引導的子句做為前句的補充說明。

例 Mandy is anxious, for the deadline of the report is approaching.（曼蒂覺得焦慮，因為報告的截止日快到了。）

☞ for 所引導的子句可說明蔓蒂焦慮的原因。

❼ yet：語意上與 but 相當，但語氣更為正式，連接兩個平行文法解構。

例 Kevin promised us to show up in time, yet he arrived 10 minutes late.（凱文跟我們保證會準時出席，但他卻遲到十分鐘。）

☞ yet 所連接的獨立子句可做為前句的結果。

相較於對等連接詞強調對等，兩側連接平行文法結構，從屬連接詞強調主從，所引導的子句可發揮副詞或名詞的文法作用。依照提供資訊類別的不同從屬連接詞可再細分為：

❶ 表「條件」的 if、as long as、unless、provided 等。

例 Unless the strike is cancelled, there will be no taxi tomorrow.（除非罷工取消，否則明天沒計程車可搭。）

☞ unless 所引導子句為主要子句情況發生的條件。

❷ 表「地方」的 where、wherever

例 I suggest her move to a place where the climate is dry.（我建議他搬到氣候乾燥的地方居住。）

☞ where 可引導其後子句形成副詞子句，修飾其前的 live。

❸ 表「時間」when、while、as soon as、until、before、after 等

例 I have to finish this report before my boss comes back.（老闆回來前我得完成這份報告。）

☞ before 所引導的子句為主要子句的時間線索。

❹ 表「原因」的 because、as、since、in case 等

例 Because Sam is sick, he couldn't come tonight.（山姆生病了，所以今晚不能來。）

because 所引導的子句可說明山姆無法出席的原因。

❺ 表「結果」的 so...that 與 such... that 中的 that

例 The desk is so heavy that I can't move it.（這張桌子很重，我搬不動。）

That 所引導的子句為桌子很重所產生的結果。

❻ 表「目的」的 so that、in order that、so

例 I will tell you the truth so that you can decide what to do next.（我會跟你說實話，你好決定接下來怎麼做。）

so that 所引導的子句為說話者說實話的目的。

❼ 表「讓步」的 although、whereas、while、whether 等

例 Whether I win or lose, I will spare no effort.（無論輸贏，我都全力以赴。）

whether 所引導的子句可表達對輸或贏所做出的妥協。

❽ 表「方法」的 as、as though、just like、the way 等

例 Just do as I told, and you can make it.（照我所說的做，就會成功。）

as 所引導的子句表達的是做事的方法。

❾ 表「比較」的 than、as...as

例 The situation is worse than I think.（情況比我想的還遭。）

than 所引導的子句是與主要子句的對照。

⑩ 引導名詞子句的 that

That 引導的名詞子句在句中可做為受詞、主詞補語或同位語，以下茲舉做受詞的情況加以說明：

例 Helen tells me that she decides to study abroad.（海倫告訴我她決定出國唸書。）

☞ that 所引導子句可做為本句的受詞。

例句示範

1 The tool is handy and durable.

這個工具方便又耐用。

2 This watch is beautiful yet expensive.

這只手錶漂亮但昂貴。

特別提點

知道怎麼應用對等連接詞與附屬連接詞後，以下特別列舉 1 個會被我們誤用的句子，要小心避開這些文法錯誤喲！

- This method sounds feasible and economically.（這方法聽起來可行且省錢。）

  ☞ and 應連接對等文法結構，所以應將 economically 改為 economical。

【普羅米修斯受罰】

複合詞

因觸怒宙斯，普羅米修斯承受老鷹啄肝之苦。

Prometheus: To make me live in pain, a life-long punishment would be meted to me by Zeus.

普羅米修斯：為了要讓我活在痛苦之中，宙斯將對我做出終身無法逃脫的懲罰。

圖解文法，一眼就懂

複合詞是將兩個或兩個以上單詞組合，表達單一語意。由於多數複合詞屬名詞與形容詞，本單元針對兩者進一步說明。複合名詞的組成可以是名詞＋名詞、名詞－名詞等。複合形容詞的組成則有形容詞－形容詞、名詞－形容詞等。

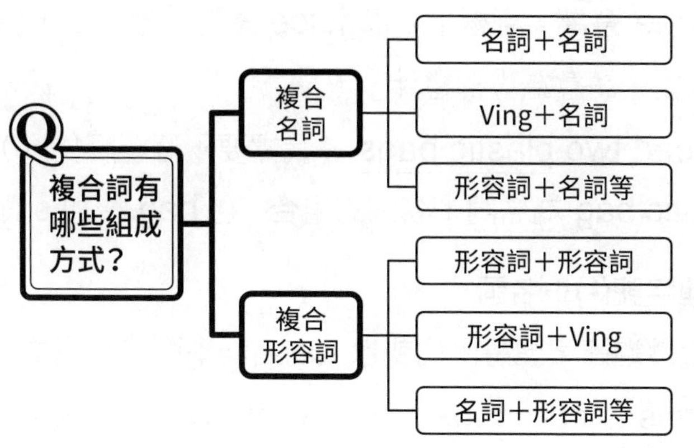

文法概念解析

複合詞是由兩個或兩個以上單詞所構成，但意義上為一個字的詞彙。複合詞的詞性可以是名詞、形容詞、動詞、介系詞等，但在數量上以名詞與形容詞為多，所以本單元針對前述兩者進一步舉例說明。複合名詞的構成方式大致可細分為以下幾類：

❶ 名詞＋名詞

此類組合至少由兩個名詞，每個名詞都具有獨立意涵，但組合之後視為一個單字。一般而言，開頭那個名詞會是單數[1]，若要表複數，只變化最後一個名詞，如 plastic bag → plastic bags。

例 1 Please give me a cup of orange juice.（請給我一杯柳橙汁。）

---

[1] 若該名詞本身須以複數方式出現（例：savings），或是其組合包含一項以上的項目，則會出現兩個名詞都複數的情況。例如 three savings accounts、the compound materials suppliers。

☞ orange 意為「柳橙」，而 juice 意為「果汁」，但兩者形成複合詞後，語意為「柳橙汁」。

例2 I need two plastic bags.（我需要兩個塑膠袋。）

☞ plastic bag 為名詞＋名詞的組合，在 bag 後加 s 即為複數型。

❷ 名詞＋連字號(-)＋名詞

此類組合透過連字號將兩個或以上的名詞串聯成一個單字。

例 Linda is a job-hopper.（琳達是個常換工作的人。）

☞ 連字號連接 job 與 hopper，形成一個新單字。

❸ 名詞名詞

有些複合字因為已廣為使用，最後直接將兩個名詞合為一字。

例 I read newspaper every day.（我每天閱讀報紙。）

☞ newspaper 最初應為 news paper，因廣泛使用才合成一字。

❹ Ving＋名詞

此類組合的 Ving 通常用於說明其後名詞的功用。

例 I watch TV in the living room.（我在客廳看電視。）

☞ living 用來說明其後 room 的作用。

❺ 名詞 Ving

此類組合的 Ving 多指與其後名詞有關的動作，兩者組合形成複合名詞。

例 This class is about moviemaking.（這是堂電影製作課。）

☞ 電影（film）要拍（make）才會有內容，所以兩者可組合形成一字。

❻ 副詞＋名詞

此類組合的副詞多用於表達方位，使名詞的空間概念鮮明。

例 I would rather be a bystander this time.（這次我寧願當個旁觀者。）

☛ by 做副詞解時，意為「在旁邊」，可說明 stander 的方位。

❼ 動詞副詞／副詞動詞

就字面來看，此類組合應屬複合動詞。但動詞可透過轉品改作名詞使用，此組合即為一例。

例 Hank has no input into this project.（漢克沒有參與這項計畫。）

☛ in 做副詞解時意為「裡面」，put 意為「置放」，兩者相加可做「投入」或「輸入」解，此句採用其轉品後的名詞形態。

❽ 形容詞＋名詞

此類組合的形容詞多作為其後名詞的修飾語。

例 I come a middle class family.（我出身中產階級家庭。）

☛ middle 意為中間的，可修飾其後的 class 形成複合詞。

說明完複合名詞後，以下先就複合形容詞的共通架構加以說明：

1 所有複合形容詞字與字之間都有連字號。

2 複合形容詞中的名詞恆為單數

掌握複合形容詞的基本架構後，以下針對其組成進一步舉例說明：

❶ 形容詞-形容詞：此類組合通常用於強調兩種特性的並存或是提高語意強度。

例 This cocktail is sweet-spicy.（這雞尾酒又甜又辣。）

☛ 雞尾酒的風味有兩種，所以可用連字號將各風味連接，強調並存。

❷ 形容詞-Ving：此類組合的形容詞多為其後 Ving 所能達到的狀態。

例 This is a far-reaching invention.（這是個影響深遠的發明。）

☛ far 是 reach 可達到的狀態，所以可將兩者組合成為複合形容詞。

❸ 名詞-Ving：詞類組合的 Ving 多為其前名詞所需的動作。

例 Singapore is an English-speaking country.（新加坡是英語系國家。）

☛ English 是用來 speak 的，所以可將兩者組合成為複合形容詞。

❹ 名詞-形容詞：此類組合常用來強調某事物具有該名詞的特性或是對其所產生的反應。

例1 I am a camera-shy person.（我是個不喜歡拍照的人。）

☛ shy 是人對 camera 所產生的反應，所以可將兩者組合成為複合形容詞。

例2 To make me live in pain, a life-long punishment would be meted to meby Zeus.（為了要讓我活在痛苦之中，宙斯將對我做出終身無法逃脫的懲罰。）

☛ long 可以是 life 的特性，所以可將兩者組合成為複合形容詞。

❺ 複合名詞-ed：

此類組合多用於強調複合名詞的特性。

例 He wears an old-fashioned jacket.（他穿了件過時的夾克。）

☛ old-fashion 為複合名詞，其後加上 ed 即形成複合形容詞。

例句示範

1 I eat a cheese burger as my lunch today.
我今天吃起司漢堡當中餐。

2 I have a three-day trip with my friends.
我和朋友們去了趟為期三天的旅行。

特別提點

知道怎麼應用複合詞後，以下特別列舉 2 個會被我們誤用的句子，要小心避開這些文法錯誤喲！

- I have a two week trip to USA next month.（我下個月要去美國玩兩個星期。）

  ☞ 複合形容詞字與字間要有連字號，所以應將 two week 改為 two-week。

- We arrange a five-days business trip to teach agents how to operate this machine.（我們安排了一個為期五天的商務旅行，教代理商如何操作這台機器。）

  ☞ 複合形容詞中的名詞恆為單數，所以應將 days 改為 day。

【海克力斯解救普羅米修斯】片語

神話人物這樣說

海克力士殺死惡魔鷹，成功解救了普羅米修斯。

Hercules: Prometheus is tortured by a monster in a cliff, so I kill that monster to let him embrace the freedom again.

海克力士：普羅米修斯在懸崖上飽受怪物折磨，所以我殺死怪物讓他重獲自由。

圖解文法，一眼就懂

片語指的是具有相關性但結構上非「主詞＋動詞」的字群。依照核心詞彙的不同，可細分為名詞片語、形容詞片語、動詞片語、副詞片語、連接詞片語、感嘆詞片語等。以上文為例，Prometheus is tortured by a monster, ... 中的 is tortured 就是動詞片語，用來說明動作的語態。

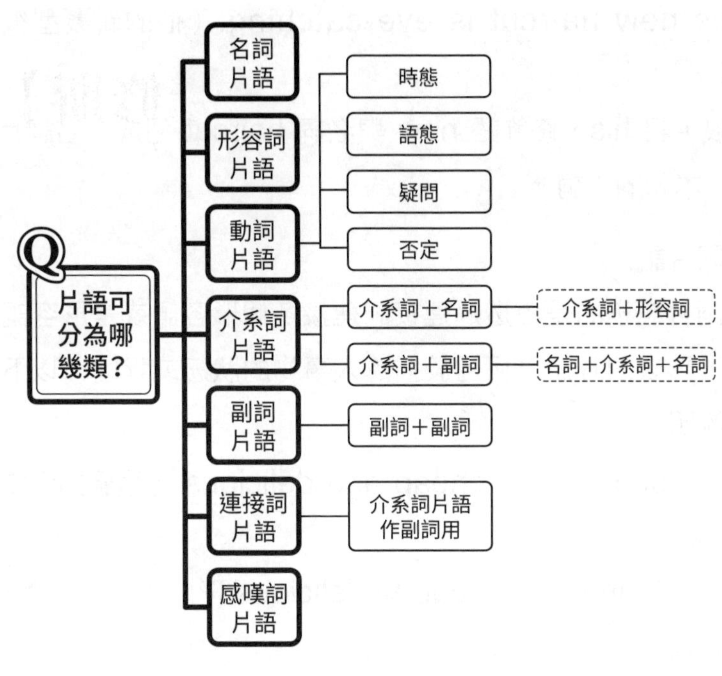

文法概念解析

片語指的是具有相關性但結構上非「主詞＋動詞」的字群。一個片語可能缺少主詞或受詞，也可能兩者皆無。片語雖然具有不完整性，但若將數個片語組合，就可形成具有邏輯的語句。依照核心詞類的不同，片語可細分為以下幾類：

❶ 名詞片語

名詞片語指的是名詞以及其前限定詞與修飾語（不一定要有）所形成的片語。名詞片語可做為句子的主詞、受詞或補語。以下進一步舉例説明：

例 His new haircut is eye-catching.（他的新髮型很引人注目。）

☞ 限定詞 his、修飾語 new 與名詞 haircut 組成一名詞片語，做為本句的主詞。

❷ 形容詞片語

形容詞片語指的是由透過連接詞連接多個形容詞或是形容詞加上修飾語所形成的片語，可用於描述人事物的狀態或程度。以下進一步舉例說明：

例 The food here is cheap and delicious.（這邊的食物便宜又美味。）

☞ 連接詞 and 連接 cheap 與 delicious 形成形容詞片語。

❸ 動詞片語

動詞片語指的是在動詞之前加上一個或以上的助動詞，以表達時態、語態、疑問或是否定。以下依序進一步舉例說明：

A. 時態：包含現在、過去、未來、現在進行、過去進行、完成等。

例 I am eating my breakfast now.（我現在正在吃早餐。）

☞ be 動詞 am 與 eating 形成現在進在進行式，說明本句的時態。

B. 語態：包含主動與被動。

例 Prometheus is tortured in a cliff by a monster, so I kill that monster to let him embrace the freedom again.（普羅米修斯在懸崖上飽受怪物的折磨，所以我殺死怪物讓他重獲自由。）

☞ 助動詞 be 與 tortured 形成被動式，說明本句的語態。

C. 疑問：包含直接問句與間接問句。

例 Do you eat pork?（你吃豬肉嗎？）

☞ 助動詞 do 與 eat 形成直接問句，表達詢問之意。

D. 否定：由助動詞加上否定詞，與動詞共同表達動作沒有或將不會發生。

例 He doesn't eat beef.（他不吃牛肉。）

☞ 助動詞 do、否定詞 not 與動詞 eat 共同形成否定語意。

❹ 介系詞片語：介系詞片語指的是以介系詞開頭，後接名詞或形容詞所形成的片語。介系詞片語可做名詞、形容詞或副詞用。做副詞用等同副詞片語。根據組合的不同，介系詞片語可再細分為：

A. 介系詞＋名詞：可組合可用於說明地點、方法等訊息。

例 I get there by bus.（我搭公車去那邊。）

☞ 介系詞 by 與名詞 bus 形成介系詞片語，說明交通方式。

B. 介系詞＋形容詞：此類組合多用於說明程度。

例 This watch cost USD 100 at most.（這只錶最多值一百美金。）

☞ 介系詞 at 與形容詞 most 形成介系詞片語，說明價值的上限。

C. 介系詞＋副詞：此類組合多用於說明狀態。

例 I decide to live in this small town for long.（我決定於此小鎮定居。）

☞ 介系詞 for 與副詞 long 形成介系詞片語，可說明居住的狀態。

D. 名詞＋介系詞＋名詞：此類組合常用於強調動作所採用的最小度量單位。

例 We check the contract word by word.（我們逐字檢查合約內容。）

☛ 合約是由字所組成，所以可用 word by word 來表達此為檢查所採用的最小單位。

❺ 副詞片語：副詞片語的組成可細分為以下幾種

A. 副詞＋副詞：此組合以修飾語強化副詞的語意。

例 He checks the machine quite carefully.（他相當細心地檢查這台機器。）

☛ 副詞 quite 可再強化其後副詞 carefully 的語意強度。

B. 介系詞片語（詳見本單第 4 點之敘述）

❻ 連接詞片語：與單詞連接詞相同，連接詞片語的作用是使字或字群的關係更加明確。

例 Mary cried as soon as she saw her father.（瑪莉一看到她爸就哭了。）

☛ 連接詞片語 as soon as 使動作的先後順序一目了然。

❼ 感嘆詞片語

與單詞感嘆詞相同，感嘆詞片語的作用在於表達驚喜、痛苦、悲傷、憤怒等情感。

例 My goodness. The system doesn't work.（我的天啊！系統故障了！）

☛ 感嘆詞片語 my goodness 表達出說話者心中因無法做事而產生的痛苦感受。

例句示範

1 I am cheated by my colleague.
我被我同事騙。

2 I learn this skill in a training camp.
我在訓練營中學會這項技能。

特別提點

知道怎麼應用片語後，以下特別列舉 2 個會被我們誤用的句子，要小心避開這些文法錯誤喲！

- I scared by the huge sound.（巨響讓我嚇了一跳。）
  說話者是「受到」驚嚇的一方，所以應在 scared 前加上 am。

- The beer here is expensive, awful.（這裡的啤酒又貴又難喝。）
  若所描述的特性只有兩種，兩形容詞間應以 and 而非逗號連接。

WEEK 2

釐清基礎句型構成

MON	TUE	WED	THUR	FRI	SAT	SUN
1 疑問句	2 代名詞 句型	3 比較句	4 動名詞 句型	5 不定詞 句型	REVIEW	TAKE A BREAK

按照學習進度表，練等星星數，成為滿分文法大神！

★ **Unit 1** 基本句型小達人

★★ **Unit 2-3** 進階句型小天才

★★★ **Unit 4-5** 句型構成觀念小神手

【潘朵拉的誕生】

疑問句

神話人物這樣說

火神用黏土做出人類中的第一位女性一潘朵拉。

Hephaestus: Before I create Pandora, only men existed in the world. As result, she is the first woman, isn't she?

赫菲斯托斯：在我創造潘朵拉之前，這世上只有男性。所以潘朵搭是第一位女性，對不對。

圖解文法，一眼就懂

疑問句指的是用來提出疑問或表達質疑的句型。疑問句分為一般疑問句、wh-疑問句、間接疑問句、否定疑問句、附加問句。以上文為例 she is the first woman, isn't she? 就是附加問句，用於確認事情的真實性。

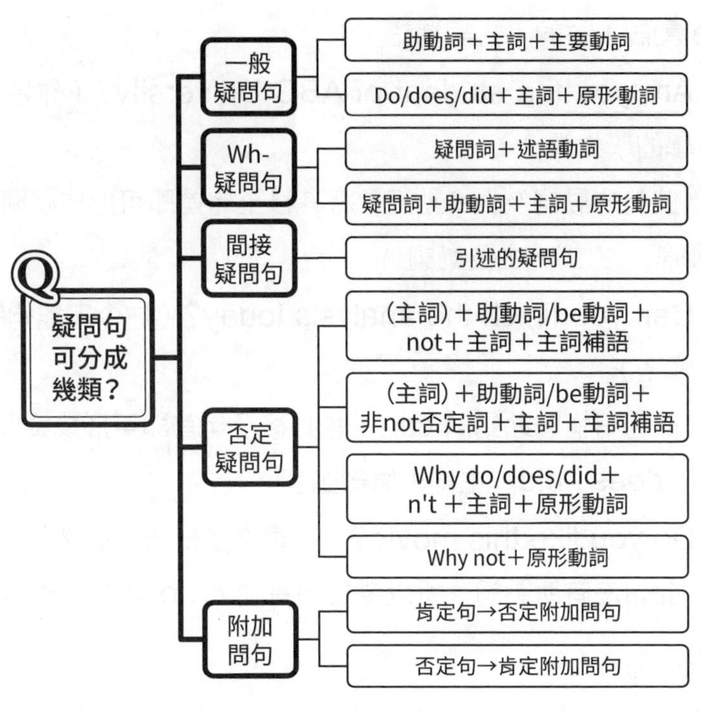

文法概念解析

疑問句指的是用來提出疑問或表達質疑的句型。一般而言，疑問句可分為以下幾類：

❶ 一般疑問句

需以 yes 或 no 回答的疑問句稱為一般疑問句。由於答案只有是或不是，故也可將其稱為是非疑問句。一般疑問句的句型結構可細分為以下三種：

A. Be 動詞＋主詞＋主詞補語

例 Are you the student of ABC University?（你是 ABC 大學的學生嗎？）

此句的動詞為 be 動詞，將其移至句首即可形成疑問句。

B. 助動詞＋主詞＋主要動詞

例 Can you finish the analysis today?（你今天能夠完成分析嗎？）

此句有情態助動詞 can，將其移至句首即可形成疑問句。

C. Do / does / did＋主詞＋原形動詞

例 Do you like this movie?（你喜歡這部電影嗎？）

此句沒有助動詞，所以要於句首加上 do 才能形成疑問句。

❷ Wh-疑問句

以疑問詞（who、when、what、why、where、who、whose、which）來提問的疑問句稱為 wh-疑問句。Wh-疑問句的句型結構可以細分為以下兩種：

A. 疑問詞＋述語動詞

例 How many people work for you?（你旗下的員工有多少人？）

How many people 為句子主詞，所以無需與其後動詞 work 倒裝形成疑問句。

B. 疑問詞＋助動詞＋主詞＋原形動詞

例 How much money do you pay for this limited edition shoes?（你花多少錢買這雙限量鞋？）

How much money 是句子受詞，所以須在主詞 you 之前加上助動詞 do 才能形成疑問句。

❸ 間接疑問句

間接疑問句因其中包含被引述的疑問句而有此名。間接疑問句中若有助動詞，無須前移至主詞前；若無助動詞，也無須加上 do / does / did。間接疑問句在結構上屬於直述句，所以句尾也應使用句號而非問號。

例 I want to know why you give up the opportunity to study abroad.（我想知道你為何放棄出國念書機會。）

☞ 由於說話者是引述，所以疑問詞 why 後應採直敘句語序。

❹ 否定疑問句

若在一般疑問句的 be 動詞或助動詞後加上否定詞，即可形成否定疑問句，用以確認某事的真實性或是提出建議、批評。否定疑問句的句型結構可以分為以下四種：

A.（主詞）＋助動詞／be 動詞＋not＋主詞＋主詞補語

例 Sam, isn't this the book that you are looking for?（山姆，這本是你遍尋不著的書嗎？）

☞ 說話者不確定手邊這本書是否就是山姆所需要的，所以透過否定疑問句進行確認。

B.（主詞）＋助動詞／be 動詞＋非 not 否定詞＋主詞＋主詞補語

例 Why do you never wear this necklace?（你為何從不戴這個項鍊？）

☞ never 為否定詞，所以此句屬否定疑問句。

C. Why not＋原形動詞（多用於表建議）

例 Why don't we have some beer after work?（下班後為何不去喝杯啤酒呢？）

☞ 透過否定疑問句，說話者提出下班去小酌的建議。

D. Why do / does / did＋n't＋主詞＋原形動詞（多用於表批評）

例 Why didn't you tell me the truth at the very beginning?（你為什麼一開始不說實話呢？）

☞ 透過否定疑問句，說話者對於對方的不願配合表達批評。

❺ 附加問句

附加問句指的是位在句尾的簡短疑問句，多用於確認事情的真實性或是請求對方同意。附加問句的形成有以下幾個要點：

A. 附加問句由動詞與代名詞所組成。

B. 句中若有 be 動詞或助動詞，附加問句直接使用該動詞；若無，則需使用 do / does / did。

C. 肯定句用否定附加問句（通常會縮寫）。否定句用肯定附加問句。

例 Pandora is the first woman in the world, isn't she?（潘朵拉是世上第一位女性，對不對？）

☞ 此句有 be 動詞的肯定句，所以形成附加問句需加上 isn't，並以代名詞 she 來代指 Pandora。

例句示範

1 Do you speak English?

你會說英文嗎？

2 I want to know why you are late today.
我想要知道你今天為何遲到。

3 Why don't you get up early?
你為什麼不早點起床呢？

4 Kelly, you don't eat beef, do you?
凱莉，你不吃牛肉，對不對？

特別提點

知道怎麼應用疑問句後，以下特別列舉 2 個會被我們誤用的句子，要小心避開這些文法錯誤喲！

- How much you pay for this leather jacket?（這件皮衣你買多少錢？）
  ☞ How much 為句子受詞，所以在 you 之前加上 do。
- Helen, you like milk tea the most, do you?（海倫，你最喜歡喝奶茶，對不對？）
  ☞ 肯定句應接否定附加問句，所以應將 do you 改為 don't you。

【潘朵拉的盒子】

代名詞句型

神話人物這樣說

據傳打開潘朵拉的盒子，將會帶來不幸。

Pandora: It is said that this box contains all evils of the world, but I open it out of curiosity.

潘朵拉：據說這盒子裡裝滿世上所有邪惡之物，但我還是因為好奇而打開它。

圖解文法，一眼就懂

代名詞有時會做為句子的虛主詞，指稱其後的不定詞或動名詞，以表達強調或不確定。以代名詞為開頭的常見句型有 It is said / They say (that)+S+V、It cost S 金錢 to V、It take S 時間 to V、S spend 時間／金錢+Ving、It occurs to / strikes+sb.+to V. / that S. V 等。以上文 It is said that this box contains... 為例，採用的就是 It is said that S V 的句型。

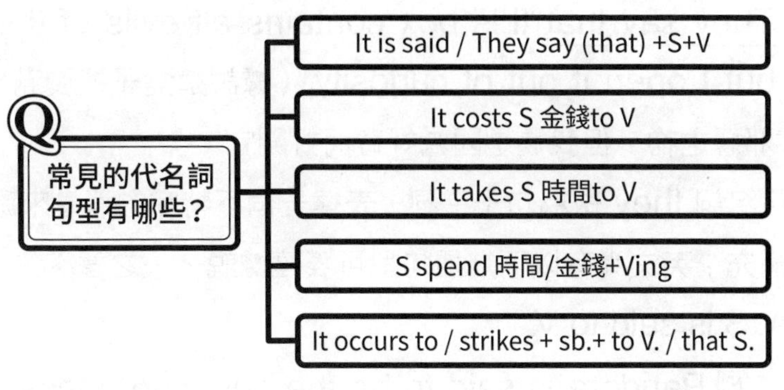

文法概念解析

代名詞可代替名詞，是用途廣泛的一種詞類。在英文語法中，有時會以代名詞 it 做為句子的虛主詞來指代其後不定詞或動名詞，以表達強調、不確定等等的語氣，以下列舉常見的三種代名詞句型進一步舉例說明：

❶ It is said / They say (that)+S+V

對於某一事件的描述，若說話者對消息來源也無十足把握時，就會使用 It is said / They say (that)+S+V 的句型。句首的 it 與 they 可視為一種廣泛的指稱。以下進一步舉例說明：

例1 It is said that this box contains all evils of the world, but I open it out of curiosity.（據說這盒子裡裝滿世上所有邪惡之物，但我還是因為好奇而打開它。）

☞ 代名詞 It 做為句子主詞，表達一個不特定的消息來源。

註：若欲描述的事件發生在過去，則需將句型改為 It has been said that...。

例2 They say that this box contains all evils of the world, but I open it out of curiosity.（據說這盒子裡裝滿世上所有邪惡之物，但我還是因為好奇而打開它。）

☞ 代名詞 they 做為句子主詞，表達一個不特定的消息來源。

補充：英文尚有以下幾種句型可表達據說……之意：

A. S is said to V...

例 Pandora is said to be the one who opens the box that contains all evils in the world.（據說潘朵拉就是那位打開裝滿世上所有邪惡之物盒子的人。）

☞ 此句改以人做主詞，後接與此人有關的傳言。

B. Rumor has it that S V....

例 Rumor has it that this box contains all evils of the world, but I open it out of curiosity.（據說這盒子裡裝滿世上所有邪惡之物，但我還是因為好奇而打開它。）

☞ 此句型將不確定的消息來源視為謠言，其後敘述其內容。

C. There is a rumor saying that S V....

例 There is a rumor saying that this box contains all evils of the world, but I open it out of curiosity.（據說這盒子裡裝滿世上所有邪惡之物，但我還是因為好奇而打開它。）

☞ 此句型將上述 B 點的句型再稍加變化，改以代名詞 there 做虛主詞開頭，強調「有」謠言在流傳，其後說明謠言內容。

❷ It costs (S)人金錢 to V／It takes(S)人時間 to V／S(人)spend 時間／金錢＋Ving

英文中若要表達花費時間或金錢，最常使用的動詞就是 cost、spend 與 take。其中 cost 與 take 經常以代名詞 it 做為虛主詞來代替其後的 to V，但 spend 一定要以人或是非 it 的主格人稱代名詞。以下進一步舉例說明：

例1 It costs me 500 USD to buy this machine.（我花了五百美金購買這台機器。）

☞ 虛主詞 it 代替其後的 to buy，形成以 cost 為動詞表達花費金錢的句型。

例2 It takes me one hour to finish the training.（我花了一小時完成訓練。）

☞ 虛主詞 it 代替其後的 to finish，形成以 take 為動詞表達花費時間的句型。

例3 I spend one hour playing online game.（我花一小時玩線上遊戲。）

☞ 代名詞 I 做為句子主詞，形成以 spend 為動詞表花費時間的句型。

❸ It occurs to / strikes＋sb.＋to V. / that S. V.

當要表達某人突然想到某事，英文中常以 It occurs to / strikes＋sb.＋to V. / that S V 句型來表示。此句型的的 it 同樣是指代其後的 to V 或由 that 所引導的子句。以下進一步舉例說明：

例1 It occurs to me to visit Sam before I leave.（我突然想到應該在離開前去拜訪一下山姆。）

代名詞 it 代替其後的 to visit，形成以 occur 為動詞表達某人突然想到某事的句型。

補充：此句型若改以事情做主詞，其句型為：事＋occur to 人。

例2 It strikes me that I should visit Sam before I leave.（我突然想到應該在離開前去拜訪一下山姆。）

代名詞 it 代替其後由 that 所引導的字句，形成以 strike 為動詞表達某人突然想到某事的句型。

例句示範

1 It is said that Mark has some affairs with his secretary.

據說馬克跟他的秘書有曖昧。

2 They say that you are the successor of this position.

據傳你是這個職位的繼任者。

3 It costs me 100 USD to buy this software.

我花 100 美金購買此軟體。

4 It takes me two hours to get there.

我花了兩小時才抵達該處。

5 I spend three hours playing basketball with my friends.

我花三小時跟朋友打籃球。

6 It strikes me that I should buy some milk before I go home.
我突然想到我回家前應該去買牛奶。

特別提點

知道怎麼應用代名詞句型後，以下特別列舉 3 個會被我們誤用的句子，要小心避開這些文法錯誤喲！

- It is said that he was fired last week.（據說他上週被開除了。）
  由於謠傳的事件發生在過去，所以應將 it is said 改為 It has been said。

- It costs me one hour to debug.（我花了一小時除錯。）
  表花費時間，cost 其後只能接金錢，所以應將其改為 takes。

- I spend two hours to watch a sci-fi movie.（我花兩小時看一部科幻電影。）
  spend 之後應接動名詞，所以應將 to watch 改為 watching。

【阿弗羅黛蒂、雅典娜、赫拉爭奪金蘋果】

比較句

神話人物這樣說

金蘋果讓三位女神為了一爭誰最美而產生糾紛。

Zeus: Three goddesses all assume she is the most beautiful goddess, what's more, they want me to be the arbitrator.

宙斯：三位女神都認為自己是最美的女神，而且他們要我擔任仲裁者。

圖解文法，一眼就懂

在英文中，名詞可比數量，形容詞與副詞可比程度，所以比較句是使用相當廣泛的句型。常見的比較句有 What's more / worse / better、Be superior / inferior to、N_1＋be＋half / twice＋as adj / adv＋as＋N_2 等。以上文為例，...what's more, they want me to be the arbitrator 中的 what's more 就是比較句，可用於說明後者比前者更值得注意。

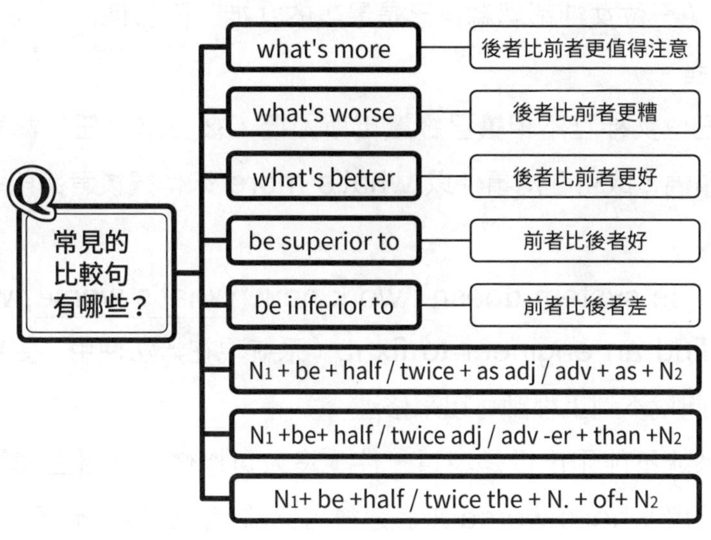

文法概念解析

在英文中，名詞可以比數量，而形容詞與副詞可以比程度，故比較句是英文中使用相當廣泛的句型。有比較過後自然就會有程度高低之分，以下針對常見的幾種比較句句型加以舉例說明：

❶ What's more / worse / better

當以 what's more / worse / better 表比較時，more 代表後者比前者更有趣或驚奇，worse 代表後者比前者更糟，better 代表後者比前者更好。以下進一步舉例說明：

例1 Three goddesses all assume she is the most beautiful goddess, what's more, they want me to be the arbitrator.

（三位女神都認為自己是最美的女神，而且他們要我擔任仲裁者。）

☛ 三位女神互不相讓已經讓宙斯困擾，被要求擔任仲裁者讓他更頭痛，故可在兩事件以 what's more 來傳達後者比前者棘手之意。

例2 The system doesn't work now. What's worse, we can't find an engineer to fix it.（系統現在無法使用，更糟的是我們找不到工程師可以來修理。）

☛ 系統不能用已經是壞事一件，沒人可以修可謂雪上加霜，所以可用 what's worse 來表達後者比前者的嚴重性更高。

例3 All T-shirts here are on sale, what's better, you can get a free gift if you buy three at once.（所有 T 恤現在都在特價，更棒的是一次買三件還有贈品。）

☛ 特價對消費者而言是好事，買到一定數量還有贈品更是超值，所以可用 what's better 來表達前者比後者更吸引人。

❷ Be superior / inferior to

一般而言，與比較級連用的介系詞以 as、than 為多，但在英文中有兩個表比較的單字搭配的介系詞是 to，就是 superior 與 inferior，當以 superior 表比較時，代表前者比後者好、職位高、數量多，若以 inferior 表比較時，則是前者比後者差、職位低、數量少，以下進一步舉例說明：

例1 The cotton we buy this year is superior to those we bought last year.（今年買的棉花比去年的品質好。）

☞ 就品質而言，今年比去年好，所以可用 superior 來描述因比較而形成的差異性。

例2 The cotton we buy this year is inferior to those we bought last year.（今年買的棉花比去年的品質差。）

☞ 就品質而言，今年比去年差，所以可用 inferior 來描述因比較而形成的差異性。

❸ N_1＋be＋half / twice＋(1) as adj. / adv.＋as＋N_2
(2) adj. / adv. -er＋than
(3) the＋N.＋of

兩人或事物比較，除了完全相等的情況外，也會有高低之分。而這樣的程度差異可透過 as adj. / adv.＋as、adj. / adv. -er＋than、the＋N.＋of 來表示，以下依序舉例說明：

例1 The standard edition is half as expensive as the flagship edition.（標準版是旗艦版的半價。）

☞ 就昂貴度而言，前者是後者的一半，所以可用 half as expensive as 來表達兩者的差異。

例2 The flagship edition is twice expensive than the standard edition.（旗艦版的價格是標準版的兩倍。）

☞ 就昂貴度而言，前者是後者的兩倍，所以可用 twice expensive than 來表達兩者的差異。

例3 The flagship edition is twice the price of the standard edition.（旗艦版的價格是標準版的兩倍。）

☞ 此句改以價格為比較重點，所以可用 twice the price of 來強調前者是後者的兩倍價。

例句示範

1 This watch is on sale. What's more, I can pay by credit card.
這只錶在特價，而且我可以刷卡購買。

2 It rains, what's worse, I don't bring my umbrella.
下雨了，更糟的是我沒帶傘。

3 This hamburger is delicious, what's better, it is cheap.
這漢堡很好吃，更棒的是還很便宜。

4 The rubber we buy this year is superior to those we bought last year.
我們今年買的橡膠品質比去年的好。

5 The latest machine is half the size of the old type.
最新款機器的尺寸只有舊款的一半。

6 The red edition is half as expensive as the blue edition.
紅色版本是藍色版本的半價。

特別提點

知道怎麼應用比較句後，以下特別列舉 3 個會被我們誤用的句子，要小心避開這些文法錯誤喲！

- The compound material is twice as expensive as the standard material.（複合材料的價格是一般材料的兩倍。）

  ☞ 比較昂貴程度時，be 倍數 as expensive as 才是正確句型，所以應將 than 改為 as。

- Mark's position is superior than mine.（馬克的職位比我高。）

  ☞ superior 其後搭配的介系詞是 to。

- The old type is twice the weight than the new type.（舊款的重量是新款的兩倍。）

  ☞ 強調比較基準時，N_1 be 倍數 the N of N_2 才是正確句型，所以應將 than 改為 of。

【阿弗羅黛蒂、雅典娜、赫拉賄賂帕里斯】

動名詞句型

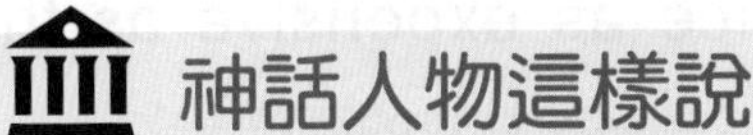

神話人物這樣說

帕里斯接受愛神的賄賂，選擇把金蘋果給她。

Aphrodite: I know you have trouble making a decision now, so I promise you that you can win Helen's if you choose me.

阿弗羅黛蒂：我知道你很難現在做出決定，但如果你選我的話，我保證能讓海倫愛上你。

圖解文法，一眼就懂

動名詞 (Ving) 除可做為句子主詞外，經常用來做動詞的受詞。常見的動名詞句型有 be worth、be worthwhile、have trouble (in)、have difficulty (in)、stop 等。以上文中 I know you have trouble making a decision now 的 have trouble 為例，其後需加 Ving，表達無法做到此事。

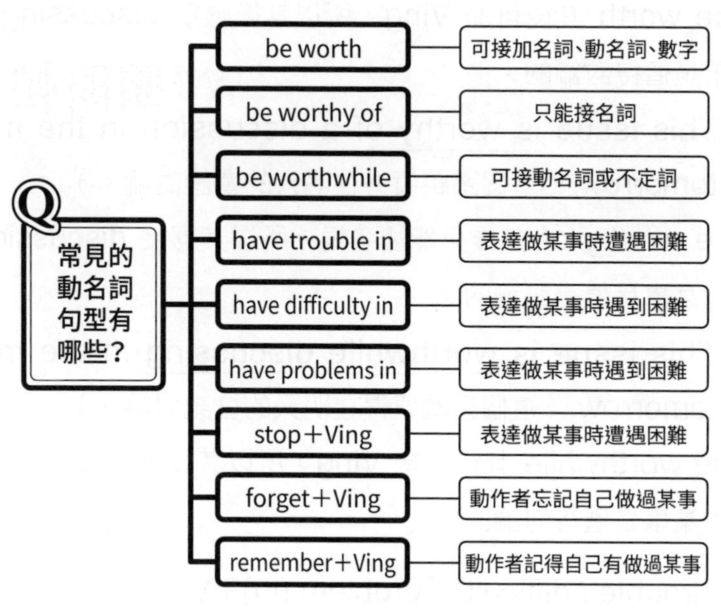

文法概念解析

動名詞（Ving）除可做為句子主詞外，最常見的用法應屬做動詞的受詞。以下針對幾種常見的動名詞句型加以說明：

❶ be worth / be worthy of / worthwhile

英文中若要表達「值得……」，be worth、be worthy of 與 worthwhile 是三種常見但易混淆的句型。worth 其後可加名詞、動名詞、數字，worthy 因為其後有介係詞 of，只能加名詞，worthwhile 其後可接 Ving 或 to V，以下進一步舉例說明：

例 1 This issue is worth discussing in the meeting tomorrow.
（這個議題值得在明天的會議討論。）

☛ be worth 其後可加 Ving，所以其後應接 discussing 以表某事是值得討論的。

例2 This issue is worthy of a discussion in the meeting tomorrow.（這個議題值得在明天的會議討論。）

☛ be worthy of 其後只能加名詞，所以其應接 discussion 以表達某事是值得討論的。

例3 This issue is worthwhile discussing in the meeting tomorrow.（這個議題值得在明天的會議討論。）

☛ be worthwhile 其後可接 Ving，所以其後應接 discussing 以表某事是值得討論的。

❷ have trouble / difficulty / problem (in)+Ving

英文中若要表達某人在做某事時遭遇困難、問題時，常會以 have trouble / difficulty / problems 來表示。這三種用法的共通性就是其後都接 Ving。以下進一步舉例説明：

例1 I know you have trouble in making the decision now, so I promise you that you can win Helen's if you choose me.（我知道你很難現在做出決定，但如果你選我的話，我保證能讓海倫愛上你。）

☛ 説話者知道對方還無法做出抉擇，所以可用 have trouble in making the decision 來表達其困難性。

例2 I have difficulty in hearing you clearly, so please said that again.（我聽不清楚你剛所説的內容，請再説一遍！）

☛ 説話者在清楚聽懂對方説話內容時遭遇困難，所以可用 I have difficulty in hearing you clearly。

例3 I have problem in finding where this shop is.（我找不到這間店在哪裡。）

☞ 説話者在尋找商店位置時遭遇困難，所以可用 I have problem in finding…來表示。

❸ stop / forget / remember

在英文中，to V 與 Ving 都可做為部分動詞的受詞。有些動詞只能接 to V，有些只能接 Ving，有些動詞像是 stop、forget、remember 則兩者皆可，本單元針對 Ving 用法進一步舉例說明：

例1 The little girl stops crying.（小女孩不哭了。）

☞ stop 其後若接 Ving，代表動作者停止進行某種動作。所以本句旨在表達小女孩原本在哭，但現在不哭了。

例2 I forget sending the analysis report to Mark.（我忘記我有把分析報告寄給馬克了。）

☞ forget 其後若接 Ving，代表動作者忘記自己做過某事，所以本句旨在表達説話者忘記自己有把報告記出。

例3 I remember closing the window before I leave my room.（離開房間前我有記得關窗戶。）

☞ remember 其後若接 Ving，代表動作者記得自己有做過某事，所以本句旨在表達説話者記得有關了窗才離開房間。

例句示範

1 This museum is worth visiting.

這間博物館值得一去。

2 This skill is worthwhile learning.

這項技能值得一學。

3 I have difficulty in solving this math question.

這題數學題我不會算。

4 I have problem in operating this machine.

這台機器我不會操縱。

5 I forget turning off the light before I leave my room.

我忘記我離開房間之前有關燈。

6 I remember telling you this twice.

這事我記得跟你說兩次了。

特別提點

知道怎麼應用動名詞句型後，以下特別列舉 3 個會被我們誤用的句子，要小心避開這些文法錯誤喲！

- This place is worthy of a visiting.（這個地方值得一去。）
  - ☞ be worthy of 其後須接名詞，所以應將 visiting 改為 visit。

- I have problem to park my car in this small parking space.（我無法把車停進這個小停車格內。）
  - ☞ have problem 其後須接 Ving，所以應將 to park 改為 parking。

- The little boy stops to cry because he gets a toy.（小男孩因為得到玩具所以不哭了。）
  - ☞ Stop to cry 意為「停下來開始哭」，改成意為「不哭」的 stop crying 才符合邏輯。

【斯巴達王后海倫的美貌】

不定詞句型

神話人物這樣說

海倫的美貌讓交戰中的士兵停火目睹其風采。

Homer: When Helen shows up in the top of castle of Tory, warriors from both sides would rather gaze at her than fight.

荷馬：當海倫出現在特洛依的城堡之頂時，雙方的戰士寧願注視著她也不願戰鬥。

圖解文法，一眼就懂

不定詞（to V）經常用來做為動詞的受詞，但有時 to 會被省略，形成不帶 to 的不定詞。常見的不定詞句型有 had better / best (to) V、would rather V_1 than V_2、prefer＋to V＋rather than V、stop / forget / remember to V 等。以上文 warriors from both sides would rather gaze at her than fight 的 gaze 與 fight 為例，兩者都是不帶 to 的不定詞。

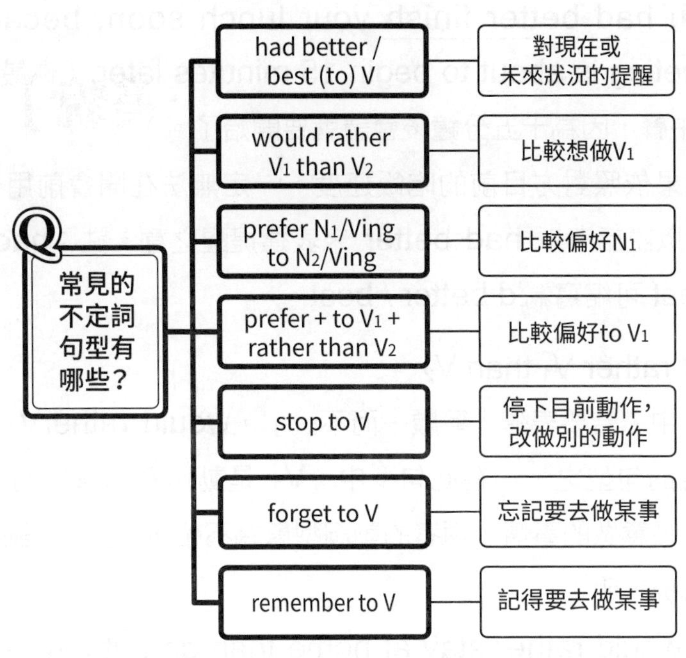

文法概念解析

與上一單元的動名詞相同，不定詞（to V）經常用來做為動詞的受詞，但需特別注意的是有時 to 會被省略（即不帶 to 的不定詞，形式同原形動詞），以下針對幾種常見的不定詞句型進一步舉例說明：

❶ had better / best(to) V

had better / best 中雖然包含 have 的過去式 had，但其作用是對當前或未來狀況提出建議，意為「最好做…」，其後接不帶 to 的不定詞，以下進一步舉例說明：

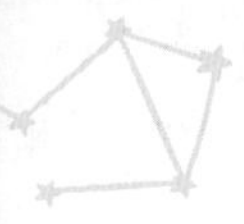

例 You had better finish your lunch soon, because the meeting is about to begin 15 minutes later.（你最好趕快吃完午餐，因為十五分鐘後會議就要開始了。）

☞ 如果依照對方目前的吃飯速度，一定無法在開會前用餐完畢，所以說話者以 had better 來表達提醒之意。註：had better/ best 可縮寫為'd better / best。

❷ would rather V_1 than V_2

在英文中，若要表達「寧願…而不…」，would ratherV_1 than V_2 是常見的句型之一。在此句型中，V_1 是動作者願意做的事情，V_2 則是不願意做的事情，兩者的動詞型態為不帶 to 的不定詞，以下進一步舉例說明：

例1 I would rather stay at home than go out today.（我今天寧可待在家也不要出門。）

☞ 待在家是說話者願意做的事，出門是他不願做的事，所以可用 would rather stay at home rather go out 來表示。

例2 When Helen shows up in the top of castle of Tory, warriors from both sides would rather gaze at her than fight.（當海倫出現在特洛依的城堡之頂時，雙方的戰士寧願注視著她也不願戰鬥。）

☞ 欣賞海倫的美是戰士們想做的事，繼續戰鬥是他們不想做的事情，所以可用 would rather gaze at her than fight 來表示。

❸ prefer N_1 / Ving to N_2 / Ving –prefer＋to V_1＋rather than V_2

prefer 意為「偏好……」，故英文中常以 S prefer V_1 to V_2 的句

型來表達「與其 B 某人較喜歡 A」的語意。當比較的兩事物以「名詞」或「動名詞」型態表示時，介係詞 to 可以發揮分隔的作用。但兩事物以不定詞型態表示時，由於 V_2 會出現 to V 的結構，為了清楚表達比較，會以 rather than 代替 to，然後在將 to V 的 to 省略。以下進一步舉例說明：

例 1 I prefer listening to music to watching TV.（與其看電視，我比較喜歡聽音樂。）

☞ 說話者比較喜歡聽音樂，較不喜歡看電視，所以可用 prefer listening to music to watching TV 來表達。

例 2 I prefer to listen to music rather than watch TV.（與其看電視，我比較喜歡聽音樂。）

☞ 此句與例 1 語意完全相同，但事物改以不定詞表示。由於 B 的 to watch 會影響比較，所以需將其改為 rather than watch 才符合文法。

❹ stop / forget / remember to V

當 stop、forget、remember 其後接 Ving 時，其共通特性動作是動作者在之前都已進行某種動作。但當其後接 to V 時，代表動作者尚未進行某種動作或開始進行別的動作。以下進一步舉例說明：

例 1 I stop to take a rest.（我停下來休息一下。）

☞ 說話者原本正在進行某事，但現在停下來休息，所以可用 stop to take a rest 來表示。

例 2 Don't forget to send the mail.（別忘了要去寄信。）

☞ 信件尚未寄出，所以說話者以 don't forget to send 來提醒對方別忘了去做這件事。

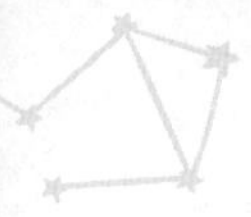

例3 Remember to send me the document when you finish the report.（完成報告時記得把檔案寄給我。）

對方報告還沒完成，所以說話者以 remember to send 來提醒對方做完要寄檔案給他。

例句示範

1 You had better leave early because the traffic is heavy today.

你最好早點動身離開，因為今天交通非常壅塞。

2 I stop to take a nap.

我停下來小睡一會。

3 Don't forget to buy some meat before you go home.

回家前別忘了買些肉。

4 He would rather eat instant noodle than go out to grab something to eat.

他寧可吃泡麵也懶得出門找東西吃。

5 I prefer to play online game rather than watch TV.

比起看電視，我更愛玩線上遊戲。

6 Remember to call us when you arrive there.
抵達目的地時記得打電話給我們。

特別提點

知道怎麼應用不定詞句型後，以下特別列舉 2 個會被我們誤用的句子，要小心避開這些文法錯誤喲！

- You had better to finish you food soon, because the meeting is about to begin.（你最好快點把食物吃完，因為會議快要開始了。）
  had better 其後接不帶 to 的不定詞，所以應將 to finish 改為 finish。

- To be polite, I stop listening to his talking.（基於禮貌，我停下來聽他說話。）
  stop 加 Ving，意為停止做某事，所以應改為 stop to listen 才符合邏輯。

WEEK 3 搞定進階句型邏輯

MON	TUE	WED	THUR	FRI	SAT	SUN
1 假設語氣 2 否定句	REVIEW	3 讓步子句 4 副詞子句	REVIEW	5 倒裝句 6 分詞構句	REVIEW	TAKE A BREAK

按照學習進度表，練等星星數，成為滿分文法大神！

★ **Unit 1-2** 進階句型小菜鳥

★★ **Unit 3-4** 進階句型小鬼才

★★★ **Unit 5-6** 英文句型小神人

【帕里斯的裁決】

假設語氣

神話人物這樣說

帕里斯因想得到海倫，裁決出愛神可擁有金蘋果。

Paris: But that Aphrodite promised me that I can win Helen's heart, I would not choose her as the owner of the golden apple.

帕里斯：要不是阿弗羅黛蒂保證海倫會愛上我，我才不會選擇她作為金蘋果的擁有者。

圖解文法，一眼就懂

假設語氣是一種動詞形式，用來表達假設、願望、可能性、猜測等。本單元列舉常見的 If S Ved, S＋would / could / should / might＋V、If S should V, S＋助動詞＋V／祈使句、But that＋S＋V 等共七種常見用法。以上文的 But that Aphrodite promises me, ... 中的 but that 為例，就是表達「要不是……」的假設語氣。

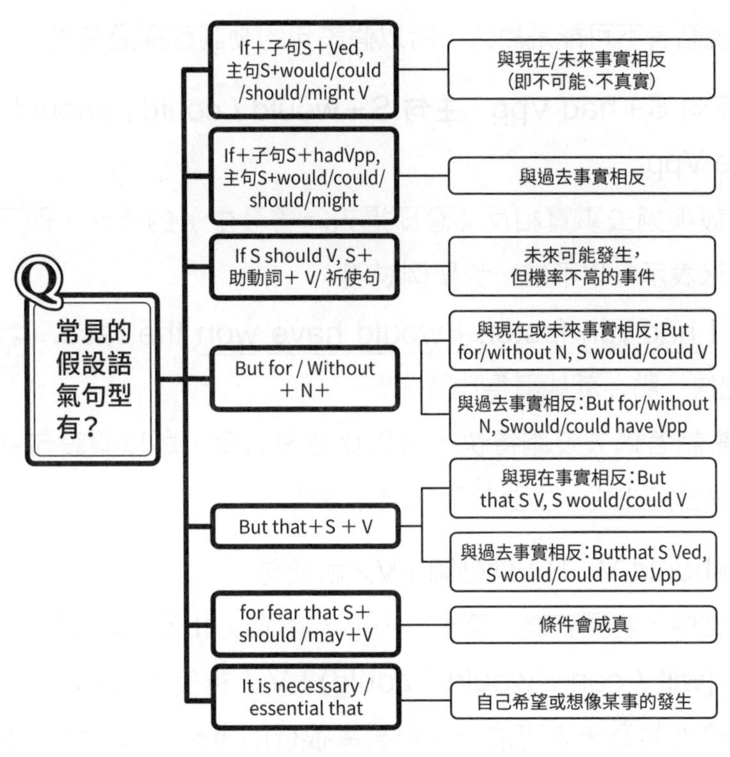

文法概念解析

假設語氣是一種動詞形式，用來表達假設、願望、可能性、猜測等。以下針對常見的七種假設語氣用法進一步舉例說明：

❶ If＋子句 S+Ved，主句 S＋would / could / should / might V

當假設與現在或未來事實相反或是該假設不可能發生或為不真實的事件時，即可使用此句型來表示，以下進一步舉例說明：

例 If I were you, I would choose the red one.（如果我是你的話，我會選紅色那個。）

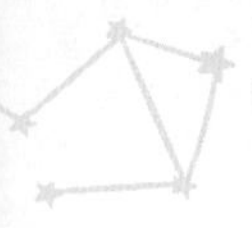

☛ 說話者不可能是對方，所以假設句的動詞應採過去式。

❷ If＋子句 S＋had Vpp，主句 S＋would / could / should / might have Vpp

當假設與過去事實相反（意即過去為曾發生）的事件，即可使用此句型來表示。以下進一步舉例說明：

例 If I had run faster, I would have won the race.（我如果再跑快一點，就能贏得比賽。）

☛ 說話者過去沒跑得快，所以比賽沒有贏，所以假設句動詞應採過去完成式，主要句則採現在完成式。

❸ If S should V，S＋助動詞＋V／祈使句

在英文中，若要表達「萬一……」，經常以 If S. should V, S＋助動詞 (will / can / would / could)＋V / 祈使句來表示。在此句型中，條件句為未來可能發生但機率很低的事件。以下進一步舉例說明：

例1 If there should be protest, the opening ceremony will be postponed.（萬一有抗爭，開幕儀式就延期。）

☛ 未來不太可能發生抗爭，所以可用 If S should V, S will V 來表達此類對未來事件的假設。

例2 If you should pass the supermarket, please buy some milk.（萬一你有經過超市，請買些牛奶。）

☛ 對方接下來不太可能會經過超市，所以可用 If S should V，祈使句來表達此類對未來事件的假設。

❹ But for / Without＋N

在英文中，若要表達「要不是…」，會以 but for 或 without＋N 形成條件子句，表達與事實相反的假設。其句型可再細分如下：

A. 與現在或未來事實相反：But for / without N, S would / could ＋V

例 But for your help, I could not finish this report.（要不是有你的幫忙，我無法完成這份報告。）

事實上現在對方會幫忙說話者，所以主要句動詞應 could + V 型態，以表達與未來事實相反的假設。

B. 與過去事實相反：But for / without N, S would / could have Vpp

例 Without your help, I could not have finished this report.（要不是有你的幫忙，我無法完成這份報告。）

事實上過去對方有幫忙說話者，所以主要句動詞應 could have Vpp 型態，以表達與過去事實相反的假設。

❺ But that＋S＋V

在英文中，若要表達「要不是」、「若非」，經常會以 but that 來表示。其句型可再細分如下：

A. 與現在事實相反：But that S V, S would / could V

例 But that Aphrodite promised me that I can win Helen's heart, I would not choose her as the owner of the golden apple.（要不是阿弗羅黛蒂保證海倫會愛上我，我才不會選擇她作為金蘋果的擁有者。）

☛ 事實上帕里斯會因受人好處而做出有利愛神的判決，所以主要句的動詞應採 would＋V 型態，表達與未來事實相反的假設。

B. 與過去事實相反：But that S Ved, S would / could have Vpp

例 But that you helped me, I would have lost great money at that time.（要不是你幫助我，我當時可能會損失一大筆錢。）

☛ 說話者過去因為對方的幫助而沒有損失金錢，所以可用 but that S Ved, S would have Vpp 的句型來表達與過去事實相反的假設。

❻ for fear that S＋should / may＋V

在英文中若要表達「以免／唯恐……」，經常會以 for fear that S＋should / may＋V 來表示。但需特別注意的是，此句型中所描述的條件是會成真的。以下進一步舉例說明：

例 I turn on my car navigation system for fear that I may get lost in this city.（我打開汽車導航系統唯恐自己在城市裡迷路。）

☛ 說話者如果沒用導航，是可能迷路的，所以可用 for fear that S＋should / may＋V 來表怕某事成真。

❼ It is necessary / essential that

在英文中若要表達自己希望或想像某事的發生，且此事有一定的重要性時，經常會以 it is necessary / essential that S (should) V 來表達。以下進一步舉例說明：

例 It is necessary that we send the final draft to the printer by today.（我們需要在今天就把最終草稿寄給印刷廠。）

☞ 對說話者而言，今天送印有其必要性，所以可用 It is necessary / essential that S V 句型來表示。

例句示範

1 If I were you, I would postpone this project.

如果我是你的話，我會延後這項計畫。

2 But that you reminded me, I would have made a wrong judgment.

要不是你提醒我，我就會判斷錯誤了。

特別提點

知道怎麼應用假設語氣後，以下特別列舉 1 個會被我們誤用的句子，要小心避開這些文法錯誤喲！

- If I am you, I would choose the black one.（如果我是你的話，我會選黑色那個。）

  ☞ 表達與現在事實相反的假設時，固定使用 If S were，所以應將 am 改為 were。

【特洛伊戰爭的開端】

否定句

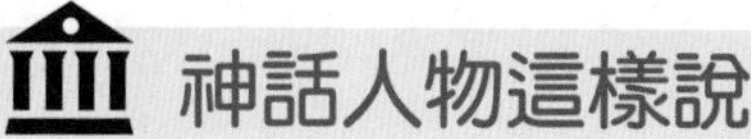

特洛伊戰爭因海倫與經濟利益而開打。

Agamemnon: Paris and Hector are tricky, so we can't be too careful in fighting this war when we arrive at Troy.

阿加曼農：帕里斯與赫克托耳詭計多端，我們抵達特洛伊時越小心應戰越好。

圖解文法，一眼就懂

肯定句加入 not 或否定詞可形成否定句。當句中出現兩個此類詞彙便形成雙重否定，邏輯上等同肯定句。常見的否定句有 S not / never / hardly V without＋N. / V. ing / but (＋S.)＋V、the last N、can't... too... 等。上文 so we can't be too careful in fighting this war when we arrive Troy 中的 can't... too... 就是一種雙重否定，可解釋為「再……也不為過」。

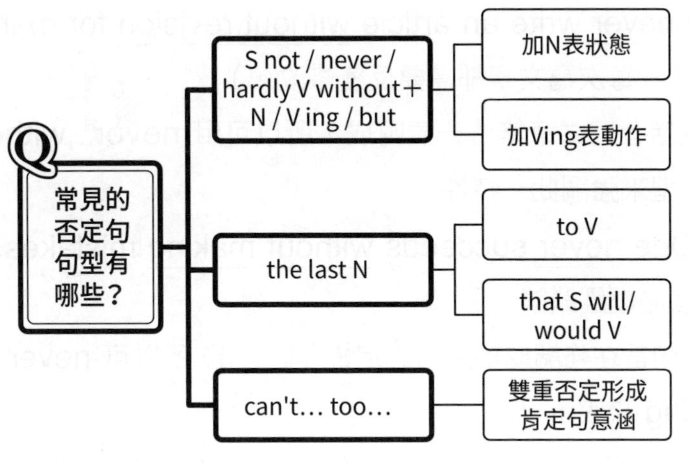

文法概念解析

在英文中，若要表達否認、拒絕、反對等語氣，可透過在肯定句中加入 **not** 或否定詞形成否定句。但當句子中出現兩個此類意涵的詞彙，便形成「雙重否定」。由於雙重否定在邏輯上表達的是「肯定」語意，故也將其視為肯定句的變形。以下針對幾種常見的否定與雙重否定句進一步舉例說明：

❶ S not / never / hardly V without+N. / V. ing / but (+S.)+V.

在英文中若要表達「每……必……」時，除以肯定句思維表述外，亦可採用雙重否定，以 **S not / never / hardly V without+N. / V. ing / but (+S.)+V** 句型來表。在此句型中，**without** 其後若接 **N**，旨在強調「狀態」或「特性」，若接 **Ving** 則著重「動作」。以下進一步舉例說明：

例1 I never write an article without revision for many times.（我每次寫文章都需要反覆修改。）

☞ 說話者寫文章無法一氣呵成，所以可用 never...without N 的句型來強調此一特性。

例2 One never succeeds without making mistakes.（凡成功者必歷經錯誤。）

☞ 此句旨在強調成功之前必定會「犯」錯，所以可 never...without Ving 來表示。

例3 I hardly take a rest but finish the training at once.（我每次幾乎都不休息就完成訓練。）

☞ 在訓練過程中，說話者很少需要停下來休息，所以可用 hardly…but…來表達此種「幾乎每……必……」的意涵。

❷ the last N

英文若要表達某人很不願意做某事，或是很不喜歡某人或某物，經常會以 that last N 來表示，其句型可再細分為：

A. the last N to V

例 Asking Peter for help is the last option for me to choose.（向彼得求救是我最不得已的選項。）

☞ 除非萬不得已，否則說話者不會請求彼得幫忙，所以可用 the last option to choose 來表達說話者對做此事的厭惡。

B. the last N that S will / would V

例 Nick is the last one I would invite.（尼克是我最不想邀請的人。）

☛ 除非找不到人，說話者不考慮邀請尼克，所以可用...be the last one... would... 句型來表達心中的厭惡。

❸ can't... too...

單就字面來看，can't 表達出「不能……」語意，too 則表示「太……」，此時若很順理成章將其理解為「不能……太……」，就忽略掉邏輯上負負得正的概念。此 can't 與 too 都帶有否定意涵，兩者相加可理解為「再……也不為過」，或是直接以肯定句思維表示的「越…越好」。以下進一步舉例說明：

例 Paris and Hector are tricky, so we can't be too careful in fighting this war when we arrive at Troy.（帕里斯與赫克托耳詭計多端，我們抵達特洛伊時越小心應戰越好。）

☛ 做為聯軍指揮官，阿加曼農認為一切作戰以小心為上，所以可用 can't be too careful 來加以表示。

例句示範

1 She never draws without drafting.
她每次畫圖都需要先打草稿。

2 She is the last colleague I would cooperate with.
她是我最不想合作的同事。

3 Borrowing money from friends <u>is the last option</u> for me.
向朋友借錢是我最不得已的選項。

4 As a designer in our company, you <u>can't be too creative</u>.
做為本公司的設計師，你越有創意越好。

5 We <u>can't be too careful</u> in this business expansion.
此次業務拓展越小心越好。

特別提點

知道怎麼應用否定句後，以下特別列舉 3 個會被我們誤用的句子，要小心避開這些文法錯誤喲！

- This actor never performs with a rehearsal, so we have to arrive early.（這名演員每次演出都會先彩排，所以我們要早點到。）

  ☞ Never...without...才能表達「凡……必……」的語意，所以應將 with 改為 without。

- For me, Susan is the last one asking for help.（蘇珊是我最後一個求助的對象。）
  - The last one 其後不會加 Ving，故應將 asking 改為 to ask。

- This case is important, so we can't be too careless.（這個案子很重要，我們越小心越好。）
  - can't...too...為雙重否定，所以應將 careless 改為 careful 才符合邏輯。

【奧林帕斯天神對特洛伊戰爭的協助】

讓步子句

神話人物這樣說

邁錫尼國王阿伽門農不小心殺害了月亮女神的神鹿，只好將女兒獻祭給女神，求祂以狂風阻止希臘軍渡海攻打特洛伊城。

Artemis: Despite the fact that you kill my deer, I am willing to forgive you because your daughter's strong patriotism.

阿提蜜絲：雖然你殺死我的神鹿，但你女兒強烈的愛國心讓我願意原諒你。

圖解文法，一眼就懂

讓步子句可表達出「雖然……」、「儘管……」、「無論……」、等語意，說明對於某條件的表示妥協。。常見的讓步子句有 despite＋N. / V.ing / the fact that S V、No matter who / what / when、whether A or B / not 等。以上文 Despite the fact that you kill my deer, ... 中的 despite that... 就是表達「雖然……」的讓步子句。

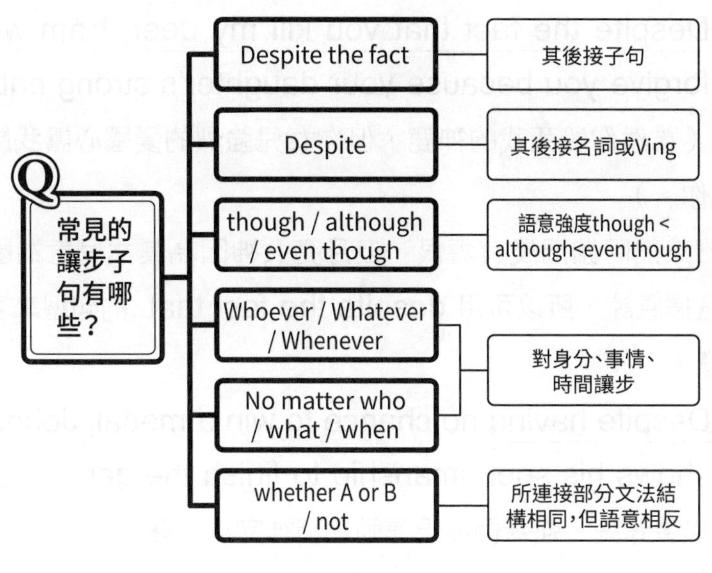

文法概念解析

子句能替主要句提供額外資訊，其中讓步子句可表達出「雖然……」、「儘管……」、「無論……」、「即使……」等語意，說明對於某條件的表示妥協或是表達某條件未產生預期的結果。本單元列舉以下四種進一步舉例說明：

❶ despite＋N./V.ing / the fact that S. V.

英文中若要表達「雖然……」，**despite the fact that...** 與 **despite N / Ving...** 是兩種極為常見的用法。兩者的相同之處在於都能夠以 **in spite of** 替換，不同之處在於前者為連接詞片語，所以其後應接 **S V** 的結構，後者是介系詞，所以可接名詞或動名詞 **(Ving)**。以下進一步舉例說明：

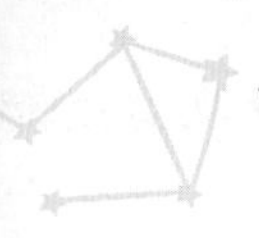

例1 Despite the fact that you kill my deer, I am willing to forgive you because your daughter's strong patriotism.（雖然你殺死我的神鹿，但你女兒強烈的愛國心讓我願意原諒你。）

☞ 雖然與阿伽門農有舊恨，但月亮女神因為其女兒肯為國犧牲而選擇原諒，所以可用 despite the fact that..的句型來表讓步之意。

例2 Despite having no chance to win a medal, Johnson still shows his sportsmanship to finish the game.（雖然已經無望奪牌，強森仍展現運動員精神完成比賽。）

☞ 雖然已經無法獲獎，但強森未因此放棄比賽，所以可用 despite Ving... 來表達他對於無法得獎一事做出的妥協。

❷ though / although / even though

除 despite 外，英文也經常以 though、although 或 even thought 來表達「雖然……」之意。三者的相同之處在於都是連接詞，其後需接子句（S+V），不同在於語意強度，though 最弱，although 居中，even thought 最強，以下進一步舉例說明：

例1 Though David is rich, he doesn't lead a happy life.（大衛雖然富有，但生活過得不快樂。）

☞ 富有並未讓大衛快樂，所以可用 though 來表達預期與結果的不對應。

例2 Although Richard studies hard, he doesn't get high scores in this test.（雖然理查很用功，但考試並未獲得高分。）

☛ 用功並未直接反映在考試分數上，所以可用 although 來表達預期與結果的不對應。

例3 Even though it is sometimes cold outside, Vincent enjoys living here.（雖然這裡有時天氣很冷，但文森喜歡住在這。）

☛ 天氣冷並未影響文森的居住意願，所以可用 even thought 來特別強調預期與結果的不對應。

❸ Whoever / Whatever / Whenever

英文中若要表達「不論……」時，其中一種方式就是在 who、what、when 等代名詞之後加上 ever，形成在身分、動作或時間上的讓步。此用法可再變形為 no matter＋代名詞，因此 whoever＝no matter who、whatever＝no matter what、whenever＝no matter when。以下進一步舉例說明：

例1 Whoever gets the first prize will get USD 10,000 as the reward. = No matter who gets the first prize will get USD 10,000 as the reward.（贏得首獎的人可以獲得一萬美元的獎金。）

☛ 無論是誰，只要贏得首獎就可以獲得獎金，所以可用 whoever 或 no matter who 來表達對身分的讓步。

例2 Whatever you are, be optimistic for all time.＝No matter what you are, be optimistic for all time.（不論做什麼，都要隨時保持樂觀。）

☛ 此句旨在說明保持樂觀不會因事情而有不同，所以可用 whatever 來表達對動作的讓步。

例3 Whenever you are ready, we will leave this place.＝No matter when you are ready, we will leave this place.（你一準備好，我們就離開這個地方。）

☞ 說話者並未要求對方何時必須準備好，所以可用 whenever 來表達對時間的讓步。

❹ whether A or B / not

英文中若要表達「不論……」，whether A or B 與 whether...or not 是常見的兩種用法。由於兩種用法皆與對等連接詞 or 連用，故 A 與 B 在文法結構上必須相同，但在語意上卻必須相反，以表達對於某條件的妥協或不在乎。以下進一步舉例說明：

例1 Whether he will stay or leave, it is not my business.（他要離開還留下，都與我無關。）

☞ 說話者認為對方的去留與他無關，所以可用 whether A or B 的句型來加以表達對此事的漠不關心。

例2 I decide to buy this watch whether it is expensive or not.（無論價錢昂貴與否我都決定要買這只錶。）

☞ 無論價格高或低，說話者都打算購買這只錶，所以可用 whether...or not 來表達對購買慾的妥協。

例句示範

1 Despite the fact that Mark is sick, he still shows up in the English class today.
馬克雖然生病了，但他今天還是有來上英文課。

2 Whenever the food is ready, we will start the party.
等食物準備好，派對就開始了。

特別提點

知道怎麼應用讓步子句後，以下特別列舉 2 個會被我們誤用的句子，要小心避開這些文法錯誤喲！

- Despite the fact that his sickness, Lucas still goes to school today.（盧卡斯雖然生病，但今天仍然去上學。）
  - Despite the fact that 其後應接子句，所以須將 his sickness 改為 he is sick。
- Whether you adopt or rejecting my suggestion, I will respect your decision.（無論你接受或拒絕我的提案，我都尊重你的決定。）
  - Whether A or B 中的 A 與 B 文法結構應相同，所以應將 rejecting 改為 reject。

【特洛伊戰爭前期的慘況】

副詞子句

神話人物這樣說

希臘軍多次圍攻特洛伊城，但始終無法得勝。

Odysseus: As soon as the Greek arrive at our seashore, I will play trick to kill the one go ashore first.

奧德修斯：當希臘人一抵達我們的海岸，我會用計殺死第一個上岸的人。

圖解文法，一眼就懂

從屬連接詞引導的子句可做為副詞修飾主要句，提供時間、地點、條件等資訊。常見用於引導與時間的從屬連接詞片語有 not until、as soon as、as long as、by the time 等。以上文 As soon as the Greek arrive at our seashore 中的 as soon as 為例，即表達「一……就……」的時間資訊。

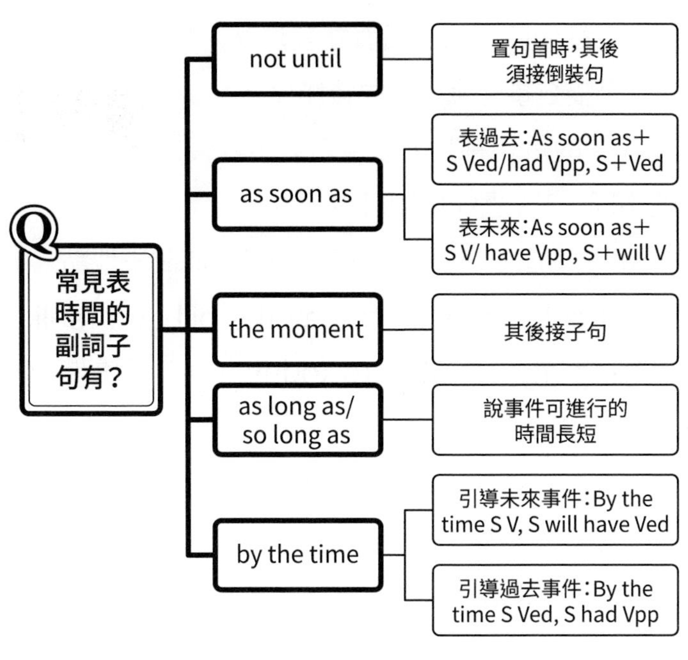

文法概念解析

當從屬連接詞所引導的子句可用於修飾主要句時，此類子句就稱為副詞子句，可替主要句補充時間、地點、原因、結果等資訊。本單元列舉數個常用於引導時間的連接詞片語進一步說明：

❶ not until

英文中若要表達「直到……才……」的時間訊息時，經常會以 not until 來表示。以下進一步舉例說明：

例 I don't notice he is absent today until I call the roll.（直到點名時我才發現他今天缺席。）

☞ 直到點名這個時間點說話者才發現某人缺席，故可用 not until 的句型來描述事件發生的先後順序。

但需特別注意的是若將其前移至句首，其後須搭配倒裝句，依照搭配動詞的不同，其完整句型如下：

A. Not until... 助動詞＋主詞＋原形動詞＋時間＋地點

例 Not until I am ready to pay the bill do I realize I forget to bring my credit card today.（直到我準備付帳時才發現自己今天忘記帶信用卡。）

☞ 主要句的動詞為一般動詞 realize，故將 not until 移至句首時，須在主要句前加上助動詞 do

B. Not until...be 動詞＋主詞＋地點＋時間

例 Not until I lost health am I aware of its importance.（直到我失去健康時我才意識到其重要性。）

☞ 主要句的動詞為 be 動詞，故將 not until 移至句首時，須將 am 移至主要句前。

❷ as soon as / the moment ....

英文中若要表達「一……就……」的時間訊息時，經常會以 as soon as 或 the moment... 來表示。以下針對其搭配句型進一步舉例說明：

A. 表過去：As soon as＋S Ved / had Vpp, S＋Ved

例 As soon as the doorbell rang / had rang, he opened the door.（門鈴一響他就去開門。）

☞ 在過去的某一時間點門鈴響了，說話者聽到後就去開門，故可用 As soon as＋S Ved / had Vpp, S＋Ved 句型來說明事件發生的先後順序。

B. 表未來：As soon as+S V / have Vpp, S+will V

例 As soon as the Greek arrive at our seashore, I will play trick to kill the one go ashore first.（當希臘人一抵達我們的海岸，我會用計殺死第一個上岸的人。）

☞ 希臘人目前尚未抵達，抵達後奧德修斯就會誘敵，故可用 As soon as+S V / have Vpp, S+will V 句型來説明事件發生的先後順序。

C. S V the moment that S V

例 I forward this e-mail to you the moment I receive it.（我一收到這封電子郵件就馬上轉寄給你。）

☞ 說話者尚未收到某封電子郵件，但一收到後會立刻轉寄給對方，故可用 S V the moment that S V 句型來説明事件發生的先後順序。補充：as soon as 在邏輯上代表某事「已經發生」或是「尚未發生」，故沒有表現在的用法。

❸ as / so long as

英文中若要表達「達……之久」，經常會以 as long as 或 so long as... 來說明事件可進行時間的長短。以下進一步舉例說明:

例 You can keep this dictionary as long as / so long as you like.（只要你喜歡，你可以一直使用這本字典。）

☞ 只要對方喜歡，這本字典要用多久都可以，故可用 as long as 來描述可持有時間的長短。

比較：as long as / so long as 也可用於表達「只要……」，說明事件發生所需具備的條件。

❹ by the time

英文中若要表達「到……的時候」，經常會以 by the time... 來表示，說明在此時間點前已發生的事件或已完成動作為何。依照所引導事件時態的不同，其句型可再細分如下：

A. 引導未來事件：By the time S V, S will have Ved

例 By the time Sam finishes the training, he will have learned many practical skills.（等到山姆完成訓練的時候，他已學會許多實用的技能。）

☞ 山姆目前尚在接受訓練中，故說話者可透過 By the time S V, S will have Ved 來表達完成訓練時能夠達成的目標為何。

B. 引導過去事件：By the time S Ved, S had Vpp

例 By the time we arrived at the airport, the flight had already taken off.（當我們抵達機場時，該班機早已起飛。）

☞ 說話者過去抵達機場時，欲搭乘的班機早已起飛，故可用 By the time S Ved, S had Vpp 在此一過去時間點前已發生的事件為何。

例句示範

1 I don't notice that I forget to bring my cell phone until I need to make a call.

直到我要打電話時才發現自己沒帶手機。

2 Not until I need to make a call do I notice I forget to bring my cell phone.
直到我要打電話時才發現自己沒帶手機。

特別提點

知道怎麼應用副詞子句後，以下特別列舉 2 個會被我們誤用的句子，要小心避開這些文法錯誤喲！

- Not until I am ready to take a picture I do notice I forget to my camera.（我要拍照時才發現我沒帶相機。）
  - not until 置句首，其後句型倒裝，故應將 I do notice 改為 do I notice。
- As soon as we receive the product, we transfer the down payment.（一收到貨品我們就電匯尾款。）
  - 表未來時，as soon as 所修飾的主要句其動詞應使用未來式，故須將 transfer 改為 will transfer。

【特洛伊人的勝利】

倒裝句

神話人物這樣說

特洛伊人因宙斯的插手而在戰爭中居於上風。

Zeus: Only when I show my power do the Trojan totally get the upper hand in this war.

宙斯：只有當我展現神威時，特洛人才在戰爭中完全佔上風。

圖解文法，一眼就懂

在英文若將述語移置主語前，即為完全倒裝。若僅將助動詞或情態動詞移置主語前，則稱部分倒裝。常見的倒裝句句型之一是將否定詞、時間副詞、地方副詞置句首，其後進行部分倒裝。以上文 Only when I show my power do the Trojan... 為例，就是將否定詞 only 置句首所形成的倒裝句。

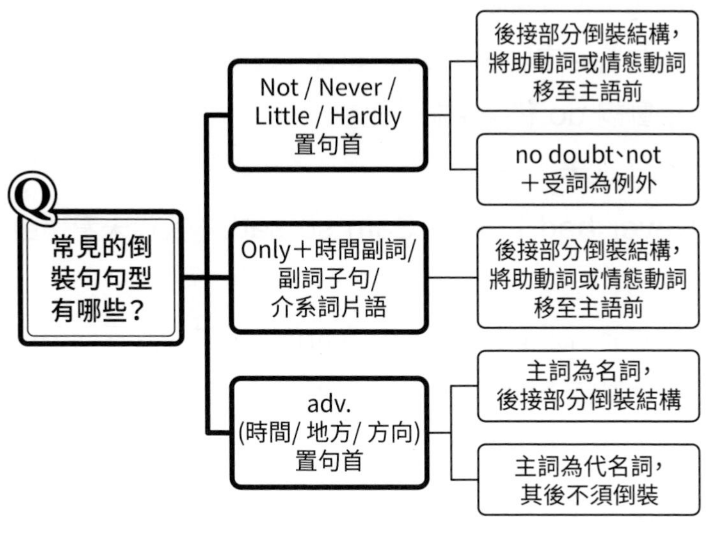

文法概念解析

英文句子的基本結構為主語其後接述語，如果將主述位置對調，即為完全倒裝。若僅將助動詞或情態動詞移置主語前，則為部分倒裝。本單元列舉數種常見的倒裝句句型加以說明：

❶ Not / Never / Little / Hardly...

英文中若將否定詞置句首時，除少數例外[1]，其餘情況下句子須採部分倒裝結構。以下針對四種常見否定副詞的用法進一步舉例說明：

A. not（沒有……）

例 Not until I am ready to pay the bill do I find I forget to

[1] no doubt、not＋受詞雖然具有否定意涵，但將其置句首時，其後不接倒裝句。

bring my wallet.（直到我要付帳時才發現自己沒帶錢包。）

☞ 本句將否定副詞 not 置句首，故其後應採部分倒裝結構，將助動詞 do 移至主詞 I 之前。

B. Never（從未⋯⋯）

例 Never had I seen Sam so sad.（我從未看過山姆如此傷心。）

☞ 本句將否定副詞 never 置句首，故其後應採部分倒裝結構，將助動詞 had 移至主詞 I 之前。

C. little（很少、幾乎不⋯⋯）

例 Little does David know about physics.（大衛幾乎不懂物理學。）

☞ 本句將否定副詞 little 置句首，故其後應採部分倒裝結構，將助動詞 does 移至主詞 David 之前。

D. hardly（幾乎不⋯⋯）

例 Hardly can I stand still after such an intensive training.（做完如此密集的訓練後，我的雙腳幾乎無法站直。）

☞ 本句將否定副詞 hardly 置句首，故其後應採部分倒裝結構，將情態動詞 can 移至主詞 I 之前。

❷ Only＋時間副詞／副詞子句／介係詞片語

若將否定副詞 only 置句首，其後搭配時間副詞、副詞子句、介係詞片語時，主要句應部份倒裝，並將 be 動詞或助動詞前移至主詞之前。以下進一步舉例說明:

A. only＋時間副詞

例 Only at dinner time do this restaurant provides steak.

（只有在晚餐時段，這間餐廳才有賣牛排。）

☞ 本句將否定副詞 only 置句首，其後搭配時間副詞 at dinner time，故其後採部分倒裝結構，將助動詞 do 移至主詞 this restaurant 之前。

B. only＋副詞子句

例 Only when I show my power do the Trojan totally get the upper hand in this war.（只有當我展現神威時，特洛人才在戰爭中完全佔上風。）

☞ 本句將否定副詞 only 置句首，其後搭配副詞子句 when I show my power，故其後採部分倒裝結構，將助動詞 do 移至主詞 the Trojan 之前。

C. only＋介系詞片語

例 Only by walking can we arrive this village.（要進這個村莊只能靠步行。）

☞ 本句將否定副詞 only 置句首，其後搭配介係詞片語 by walking，故其後採部分倒裝結構，將情態動詞 can 移至主詞 we 之前。

❸ adv.（時間／地方／方向）＋V.＋S. / S.＋V.

若將時間副詞或地方／方向副詞置句首，且句子主詞為「名詞」時，其後句型應「完全倒裝」，反之則無需倒裝。以下進一步舉例說明：

例1 Today comes an important client.（今日有位重要客戶來訪。）

☞ 本句將時間副詞 today 置句首，且主詞為名詞 an important

guest，故其後應接完全倒裝結構，將動詞 comes 前移至主詞之前。

例 2 Here comes my friend's car.（我朋友的車來了。）

本句將地方副詞 here 置句首，且主詞為名詞 my friend's car，故其後應接完全倒裝結構，將動詞 comes 前移至主詞之前。

例 3 There she goes.（她走了）

此句雖然將地方副詞 there 置句首，但由於句子主詞為代名詞 she，故不倒裝。

例句示範

1. Little does Kelly know geology.
   凱利幾乎不懂地質學。

2. Never had I seen Mary so happy.
   我從未看過瑪莉如此高興。

3. Only at night time can we see this animal.
   只有在晚上我們才能看到這種動物。

4. Only when I play some tricks does Sam is hooked.
   只有當我耍些手段時，山姆才會上鉤。

5 Only by walking can we arrive at this beautiful valley.
要抵達這漂亮的山谷只能靠步行。

6 Here comes my colleague's car.
我同事的車來了。

特別提點

知道怎麼應用倒裝句後，以下特別列舉 2 個會被我們誤用的句子，要小心避開這些文法錯誤喲！

- No doubt do Sam refuses to cooperate with us.（難怪山姆拒絕與我們合作。）
  - no doubt 為否定詞開頭但其後不倒裝的特例，故需將 do 去掉。
- There goes he.（他走了。）
  - 本句雖將地方副詞 there 置句首，但由於主詞是代名詞，故不須倒裝，正確語序為 There he goes。

【木馬屠城】

分詞構句

神話人物這樣說

特洛伊人誤信木馬是為敬神而慘遭屠城。

Priamus: Believing the horse is for worshiping Athena, we have to move it from the seashore to our city.

普里阿摩斯：因為相信木馬是為敬拜雅典娜，所以我們把它從海邊移進城市。

圖解文法，一眼就懂

從屬連接詞可清楚表現邏輯，但重複使用易產生閱讀疲勞，避免此情況的最佳方法就是以現在分詞或過去分詞簡化從屬子句，形成分詞構句。以上文 Believing the horse is for worshiping Athena, we have to...，就是在不影響語意與邏輯清晰度的前提下省去從屬連接詞 because，以現在分詞 believing 形成分詞構句。

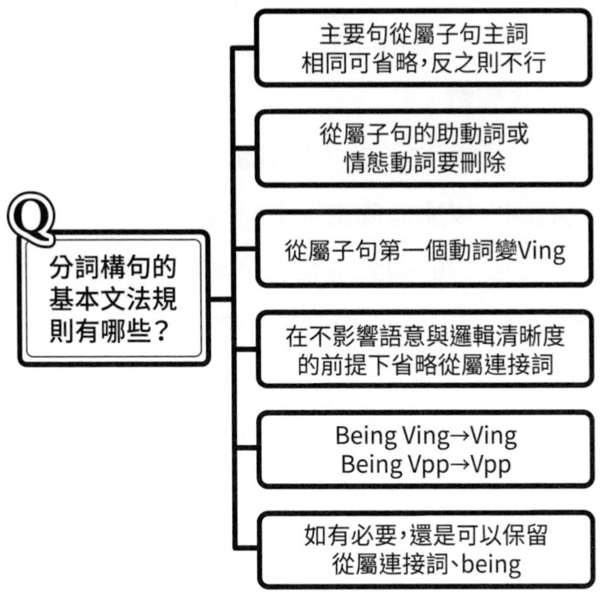

文法概念解析

在英文中，若要呈現兩個獨立子句的邏輯關係，會使用「從屬連接詞」。但倘若整篇文章都以語法表示，雖然語意清晰但缺乏變化，容易使讀者產生閱讀疲勞。若要避免此種情況發生，最直接的方法就是進行分詞構句。所謂分詞構句，指的是以現在分詞或過去分詞簡化從屬子句，若子句中包含否定詞，簡化後應將其置句首。以上文 **Believing the horse is for worshiping Athena, we have to move it from the seashore to our city.** 為例，就是省略從屬連接詞，改以現在分詞形成分詞構句，以下針對其步驟進一步說明：

1 檢查主要句與從屬子句的主詞是否相同，若相同進行步驟**2**，若不相同則進行步驟**3**。 **2** 將從屬子句的主詞刪去。若主要句的主詞為代名詞，則從屬子句主詞取該代名詞，以免造成主詞不明的情況。 **3** 將從屬子句中動詞前的助動詞或情態動詞刪除。 **4** 完成步驟**3**後，將從屬子句中剩下的第一個助動詞或動詞改為 Ving。 **5** 若不會影響語意或邏輯的清晰度，可將從屬連接詞刪除。 **6** 將 being Ving 或 being adj 簡化為 Ving 或 adj； **7** 將 being Vpp 簡化為 Vpp，但有時會刻意將 being 保留。 **8** having Vpp 可簡化 upon / on / after Ving。

說明分詞構句的步驟後，以下進一步舉例說明：

例 1 While I was shopping in the department store, I met my senior high school teacher.（當我在百貨公司購物時，我遇到我的高中老師。）

1 主要句與從屬子句的主詞都是 I，故進行步驟 2。

2 刪除從屬子句主詞 I。由於主要句主詞為代名詞 I，故將從屬子句的 I 複製過來。

☞ While was shopping in the department, I met my senior high school teacher.

3 由於從屬子句沒有助動詞或情態動詞，故直接將第一個動詞 was 改為 being。

☞ While being shopping in the department store, I

met my senior high school teacher.

4 將 being shopping 再簡化為 shopping。

☞ While shopping in the department store, I met my senior high school teacher.

5 沒有 while 不影響語意與邏輯，故將其刪除即完成分詞構句。

☞ Shopping in the department store, I met my senior high school teacher.

例2 If time permitted, we will go shopping.（如果時間允許的話，我們要去購物。）

1 主要句與從屬子句主詞不同，從屬子句又無助動詞或情態動詞，故進行步驟4。

☞ If time permitting, we will go shopping.

2 沒有 if 不影響語意與邏輯，故將其刪除即完成分詞構句。

☞ Time permitting, we will go shopping.

例3 Although Sam was insulted in the department meeting, he remained calm.（雖然在部門會議上遭到羞辱，山姆仍保持冷靜。）

1 主要句與從屬子句主詞相同，故進行步驟2。

2 刪除從屬子句主詞 Sam。由於主要句主詞為代名詞 he，故將從屬子句的 Sam 複製過來。

☞ Although was insulted in the department meeting, Sam remained calm.

3 由於從屬子句沒有助動詞或情態動詞，故直接將第一個動詞 was 改為 being。

☞ Although being insulted in the department meeting, Sam remained calm.

4 將 being insulted 再簡化為 insulted。

☞ Although insulted in the department meeting, Sam remained calm.

5 保留 although 可使邏輯更清楚，故無需將其刪除即可完成分詞構句

☞ Although insulted in the department meeting, Sam remained calm.

例4 Since Mary didn't know the answer, she felt anxious.
（因為瑪莉不知道答案，所以她覺得焦慮。）

1 主要句與從屬子句主詞相同，故進行步驟2。

2 刪除從屬子句的主詞 Mary，由於主要句主詞為代名詞 she，故將從屬子句的 Mary 複製過來。

☞ Since didn't know the answer, Mary felt anxious.

3 從屬子句中包含助動詞 did，故須將其刪除。

☞ Since not know the answer, Mary felt anxious.

4 將第一個動詞 know 改為 knowing。

☞ Since not knowing the answer, Mary felt anxious.

5 沒有 since 不影響語意與邏輯，故將其刪除及完成分詞構句。

☞ Not knowing the answer, Mary felt anxious.

例句示範

1 When visiting the exhibition, I met my friend Mark.
看展覽時我遇到我朋友馬克。

2 Blamed in the meeting, I didn't feel frustrated.
雖然在會議中遭受責難，我並未因此感到沮喪。

3 After taking a hot shower, I felt refreshed.
洗過熱水澡後我覺得神清氣爽。

特別提點

知道怎麼應用分詞構句後，以下特別列舉 1 個會被我們誤用的句子，要小心避開這些文法錯誤喲！

- I waiting in line, I met a friend haven't seen for long.（在排隊時，我與一位久未見面的朋友相遇）。
  - 分詞構句時應將主詞刪除，故 Waiting in line, I met... 才是正確語法。

WEEK 4

躲開文法陷阱

MON	TUE	WED	THUR	FRI	SAT	SUN
1 not only... but also...	3 as so far as + sb./ sth. + be concerned	5 according to	7 take ... for granted 8 It seems that...	10 cannot (help choose) but + V. 11 cannot help + V.ing	REVIEW	TAKE A BREAK
2 result in / from	4 when it comes to...	6 regard / see / view / take... as...	9 one... another ... / one...the other... / some... others	12 stop / keep / prevent ... from + V.ing		

按照學習進度表，練等星星數，成為滿分文法大神！

★★ **Unit 1-4** 文法觀念小通才

★★★ **Unit 5-9** 文法糾錯小神童

★★★★ **Unit 10-12** 中級滿分文法大神，成就達成！

【牡羊座的由來】

not only... but also...

神話人物這樣說

金牡羊因成功拯救底比斯王儲而成為牡羊座。

Phrixus: The golden ram not only saves my life but also brings a bright future.

弗里克索斯：金牡羊不只拯救了我的性命，也替我帶來一個璀璨的未來。

圖解文法，一眼就懂

Not only...but also... 意為「不只是……而且連……」，是英文中常見的成對連接詞，用於連接平行結構。此成對連接詞雖包含否定詞，但作用卻是涵括而非否定。以上文 The golden ram not only saves my life but also brings a bright future 為例，not only...but also 連接兩個動詞片語，傳達出金牡羊一共給予說話者兩種幫助。

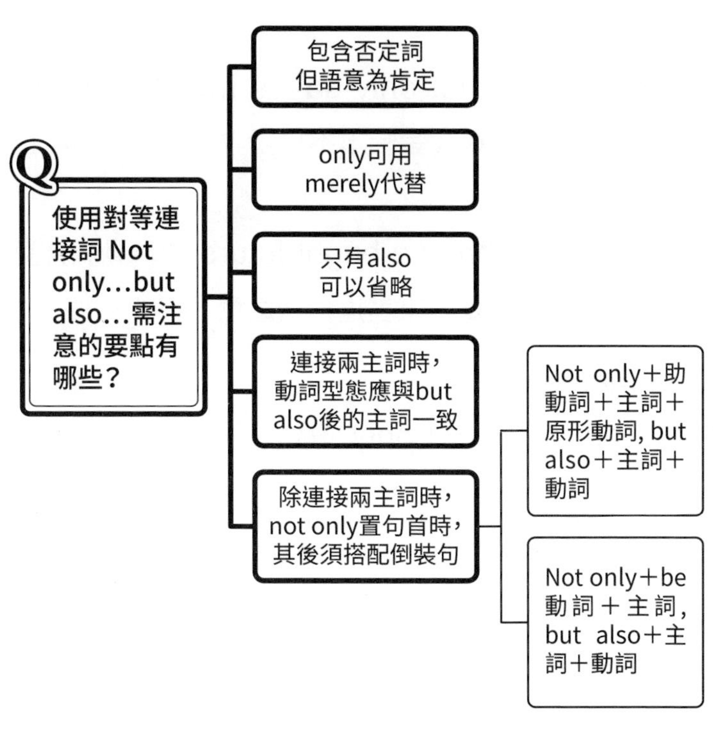

文法概念解析

Not only...but also 意為「不只是……而且連……」，是英文中常見的成對連接詞。所謂成對連接詞，指的是需成對使用的連接詞，用於連接文法上的平行結構，如名詞與名詞、形容詞與形容詞、子句與子句等。以下針對 not only...but also 的詳細用法進一步舉例說明：

❶ 包含否定詞但與語意為肯定

Not only... but also 雖然包含否定詞 not，與其後的 only 連用後可形成雙重否定表達肯定意涵，故其功用不在排除而是「涵括」，

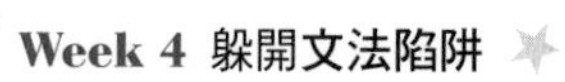

以下進一步舉例說明：

例 The golden ram not only saves my life but also brings me a bright future.（金牡羊不只拯救了我的性命，也替我帶來一個璀璨的未來。）

☞ save my life 與 bring a bright future 皆為動詞片語，故可用 not only...but also... 來表達含括之意。

❷ only 可用 merely 代替

Not only...but also 中的 only 傳達「限制」之意，可用 merely 來代替。以下進一步舉例說明：

例 My brother is not merely handsome but also smart.（我弟不僅帥而且聰明。）

☞ merely 與 only 均可表限定，故 not merely...but also...語意等同 not only…but also。

❸ 只有 also 可以省略

Not only...but also 的 but 已表「還有……」之意，故 also 可省略。其餘的省略方式皆視為文法錯誤。以下進一步舉例說明：

例 Liz is not only beautiful but smart.（○）（麗姿人不只漂亮而且很聰明。）

Liz is not beautiful but also smart.（×）

Liz is only beautiful but also smart.（×）

Liz is not only beautiful also smart.（×）

Liz is only beautiful also smart.（×）

Liz is not beautiful also smart.（×）

☞ not only... but also 僅 also 可省略，其餘省略法皆會造成語焉不詳。

❹ 連接兩主詞時，動詞型態應與 but also 後的主詞一致

Not only...but also 連接兩主詞形成複合主詞時，其後的動詞型態並非恆為複數，而是要與 but also 後的主詞一致。以下進一步舉例說明

例 Not only you but also my younger brother is interested in playing this mobile game.（不僅是你，連我弟都喜歡玩這款手遊。）

☞ Not only...but also...連接 you 與 my younger brother 形成複合主詞，由於 my younger brother 為單數，故其後的 be 動詞為單數的 is。

❺ 除連接兩主詞時，not only 置句首時，其後須搭配倒裝句

若 not only 移置句首時，其後句型依照動詞不同可細分如下：

A. Not only＋助動詞＋主詞＋原形動詞，but＋主詞＋（also）＋動詞

例 Not only does this steak smell good, but it also tastes juicy.（這塊牛排不僅香氣四溢，嘗起來更是鮮美多汁。）

☞ 此句動詞為單數一般動詞，故將 not only 移至句首，其後形成助 does＋主詞＋原形動詞的倒裝句型。

B. Not only＋be 動詞＋主詞，but＋主詞＋（also）＋動詞

例 Not only was my boss satisfied with my performance, but he also promised to give a raise of NTD 5000.（老闆不僅對我的表現感到滿意，還保證為我加薪五千台幣。）

此句動詞為單數 be 動詞，故將 not only 移至句首時，其後形成 be 動詞＋主詞的倒裝句型。

例句示範

1 This place is not only hot but also humid.
這個地方不僅炎熱還很潮濕。

2 This place is not only hot but humid.
這個地方不僅炎熱還很潮濕。

3 This place is not merely hot but also humid.
這個地方不僅炎熱還很潮濕。

4 Not only is this place hot, but it humid.
這個地方不僅炎熱還很潮濕。

5 This cake not only looks good but also tastes delicious.
這個蛋糕不僅造型好看，還很好吃。

6 Not only does this cake look good, but it tastes delicious.
這個蛋糕不僅造型好看，還很好吃。

特別提點

知道怎麼應用 not only...but also...後，以下特別列舉 2 個會被我們誤用的句子，要小心避開這些文法錯誤喲！

- The training is not only intensive also tough.（這項訓練不僅密集且嚴苛）
  - Not only...but also 可省略 also 但不能省略 but，故應將 also tough 改為 but tough。

- Not only you but also my older sister like to play this online game.（不僅是你還有我姊都喜歡玩這款線上遊戲。）
  - Not only...but also...搭配的動詞要以靠近 but also 的主詞為主，my older sister 是單數，故應將 like 改為 likes。

【金牛座的由來】

result in / from

神話人物這樣說

宙斯以金牛座紀念幫他擄獲歐羅芭芳心的白牛。

Zeus: Europa 's fear to the deep water results in the increase of my body contact with her.

宙斯：歐羅芭對深水的恐懼導致我跟她身體接觸的增加。

圖解文法，一眼就懂

result in 與 result from 可用於表達因果關係，前者著重結果的呈現，後者強調原因的表述。兩者恆為主動且好壞事件皆適用。以上文 Europa 's fear to the deep water results in the increase of my body contact with her 為例，對宙斯而言，就是好結果的呈現。

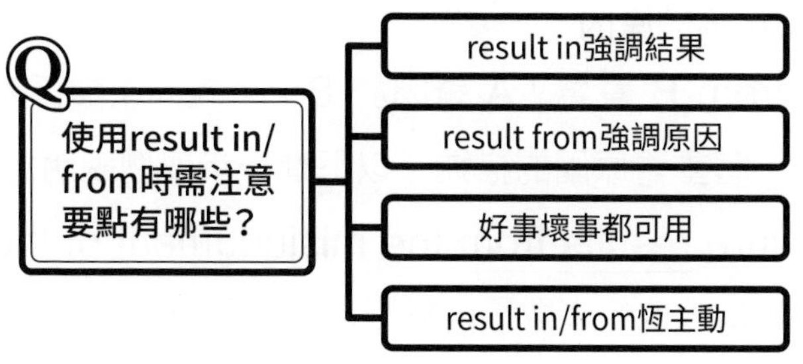

文法概念解析

在英文中若要表達因果關係，result 的用法是許多學習者的夢魘，原因在於單獨使用時，result 意為「因為……發生……」或「隨……產生……」，但搭配介系詞 in 或 from 形成動詞片語 result in 與 result from 後，又需調整其邏輯思維。以下針對其用法進一步舉例說明：

❶ result in 強調結果

由於 A result in B 意為「A 導致 B」，就因果關係來看，A 為因而 B 為果，著重對結果的描述。以下進一步舉例說明：

例 Europa's fear to the deep sea water results in the increase of my body contact with her.（歐羅芭對深水的恐懼導致我跟她身體接觸的增加。）

☛ 歐羅芭因害怕而一如宙斯預期的緊抱他化身的金牛，故可用 result in 將描述重點放在結果的呈現上。

❷ result from 強調原因

A result from B 意為「A 肇因於 B」，就因果關係來看，B 為因而 A 為果，著重對原因的描述。以下進一步舉例說明:

例 His failure results from the misjudgment of the weather's influence.（他的失敗肇因於對於天候影響的誤判。）

☞ 此句主要在探討為何失敗，故可用 result from 將描述重點放在原因的表述上。

❸ 好事壞事都可用

受到中文「導致」與「肇因於」的影響，許多學習者誤以為 result in 與 result from 只能用於負面表述，但由於以上這兩個片語最大的功用在於呈現因果，因此並不限定好壞。以下進一步舉例說明：

例1 His hard-working results in the promotion.（他的勤奮使他得以升官。）

☞ 認真工作與獲得升官屬於正向的因果關係，可用 result in 來表示。

例2 His carelessness results in the failure in this project.（他的粗心大意使他在此專案遭遇挫敗。）

☞ 粗心大意與搞砸案子屬於負向的因果關係，可用 result in 來表示。

例3 Jason's success results from his keen observation.（傑森的成功源於他敏銳的觀察力。）

☞ 觀察力佳是傑森成功的原因，故可用 result from 將重點放在原因的表述上。

例4 Joe's fear to dog results from his bad memory in his childhood.（喬怕狗源於兒時的不好回憶。）

☞ 兒時的不好記憶是喬現在依然怕狗的原因，故可用 result from 將重點放在原因的表述上。

❹ result in / from 恆主動

若就動詞特性來看，**result** 為不及物動詞，其後不需接受詞，但不論是要強調原因還是結果，沒有受詞就會語焉不詳。由於介系詞其後可接受詞，因此化解此限制最簡單的方法就是 **result** 後加上介系詞形成動詞片語。使 **result in** 與 **result from** 可接受詞。此二片語雖然具有及物動詞特性，但本質上還是不及物動詞，因此沒有被動用法。以下進一步舉例說明：

例 Joe's unfamiliarity with the reservation system results in the chaos.（○）

The chaos is resulted in Joe's unfamiliarity with the reservation system.（×）

喬不熟悉此預約系統，導致場面一片混亂。

☞ Result in 雖具有及物動詞特性其後可接受詞，但本質上仍屬不及物動詞，故以被動式表示應視為文法錯誤。

例句示範

1 Her good temper results in her good interpersonal relationship.

她的好脾氣使她有好人緣。

2 The underestimation in labor cost results in the shrink in the profit.

低估人力成本導致獲利縮減。

3 The overestimation in the demand results in the increase of inventory.

高估需求導致存貨增加。

4 The increase in the number of visitors results from the success in the advertising.

來客數的增加肇因於廣告的成功。

5 The failure of this product results from the lack of durability.

這個產品的失敗肇因於其耐用度的不足。

6 The success of this product results from its special marketing strategy.

這個商品的成功肇因於其特殊的行銷手法。

特別提點

知道怎麼應用 result in / from 後，以下特別列舉 3 個會被我們誤用的句子，要小心避開這些文法錯誤喲！

- His bad reputation results in his poor working attitude.（他的不良工作態度使他聲名狼藉。）

  result in 其前為因，其後則為果，故應將 his poor working attitude 與 his bad reputation 位置互換。

- His poor interpersonal relationship is resulted in his bad temper.（他的壞脾氣使他人緣不佳。）

  result in 沒有被動用法，故應將其改寫為 his bad temper results in his poor interpersonal relationship.

- His success is resulted from his insight analysis.（他的成功肇因於其精闢的分析。）

  result in 沒有被動用法，故應將其改寫為 his success results from his insight analysis.

【雙子座的由來】

as far as + sb / sth. + be concerned

神話人物這樣說

卡斯托耳和波魯克斯的兄弟情使其成為雙子座。

Pollux: As far as I am concerned, I am willing to sacrifice my immortality to exchange the resurrection of my younger brother.

波魯克斯：對我而言，我很願意放棄不死之身好讓我弟得以復活。

圖解文法，一眼就懂

英文中若要表達看法，經常會以 as far as sb is concerned 與 as far as sth is concerned 表示，前者強調意見表述，降低對方情緒性回覆的可能性。後者著重議題確立，提升其後陳述的客觀性。以上文 As far as I am concerned, I am willing to... 為例，波魯克斯不知道宙斯是否為願意接受他提出的交換條件，故使用 as far as I am concerned 來強調其後內容屬個人觀點。

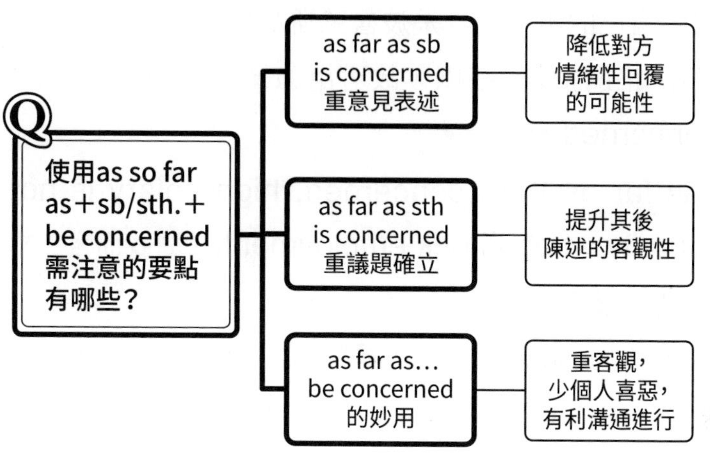

文法概念解析

英文中若要表達看法，經常會以 as far as sb is concerned 與 as far as sth is concerned 來表示。以下針對其用法進一步舉例說明：

❶ as far as sb is concerned 重個人意見的表述

as far as sb is concerned 意為「在（某人）看來」或「就（某人）而言」，以此句型表達看法時，旨在強調以下所言純屬個人看法，因此無論你喜歡與否，切勿將其視為對人不對事。以下進一步舉例說明：

例1 As far as I am concerned, I am willing to sacrifice my immortality to exchange the resurrection of my younger brother.（對我而言，我很願意放棄不死之身好讓我弟得以復活。）

☞ 放棄自己的不死之身是波魯克斯為換取弟弟所提出的條件，由於不知宙斯使否答應，故可用強調客觀陳述的 as far as I concerned 來表示。

例2 As far as I am concerned, high salary is not the top priority when I seek employment.（對我而言，求職時高薪並非首要條件。）

☞ 說話者求職時最重視的不是薪水，但考量到此話可能引起對方反感，故可用強調客觀陳述的 as far as I am concerned 來表示。

❷ as far as sth be concerned 重事件議題的確立

as far as sb be concerned 意為「關於……方面」或「就（某事）而言」，以此句型表達看法時，旨在強調以下所言著重客觀現象的討論，換言之也就是對事不對人。以下進一步舉例說明：

例1 As far as the design is concerned, Jason is definitely your top choice.（關於設計方面，傑森絕對是你的首選。）

☞ 說話者想跟對方推薦傑森這位設計師，但又不想在語氣中透露出主觀意識，故可用 as far as sb be concerned 來提高客觀性。

例2 As far as the main meal is concerned, today steak or fish is available for you to choose.（有關主餐方面，今日提供牛排與魚供您選擇。）

☞ 此餐廳提供的主餐選擇可能很多種，但今日只有兩種，為降低選擇受限的感覺，可用 as far as the main meal is concerned 來表達這樣的限制僅限主餐。

❸ as far as...be concerned 中所包含的說話藝術

若要以英文表達自己的看法，除能否清楚表述內容外，語氣也至關重要。同樣一件事，會因為語氣的不同而有不同的回應。舉例來說，英文中若要表達「在意……」，可用 concern 或 care 來表示，前者屬於「客觀陳述」，後者參雜「個人好惡」。兩相比較後，前者較有利溝通的進行。以下進一步舉例說明:

例1 What I care is the profit rather the revenue.（我所在意的是獲利而不是營收。）

☞ 說話者認為獲利就是比營收重要，故使用能顯現個人好惡的 care 來表達自己的看法。

例2 As far as I am concerned, the profit outweighs the revenue.（對我來說，獲利多寡遠比營收總額重要。）

☞ 此句說話者同樣認為獲利比營收重要，運用 as far as I am concerned 傳達出以下所言純屬個人看法，語氣明顯較例 1 和緩。

例句示範

1 As far as I am concerned, what he just said is nonsense.

對我來說，他講的全是一派胡言。

2 As far as Mary is concerned, a stable income is very important.

對瑪莉來說，一份穩定的收入至關重要。

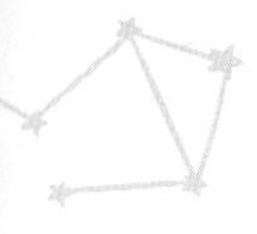

3 As far as Jason is concerned, family is always his priority.

對傑森而言，家人永遠排在第一位。

4 As far as the must buy in this city, ABC chocolate is the one you shouldn't miss.

有關這個城市的必買商品，ABC 巧克力是你絕不容錯過的。

5 As far as our dinner today is concerned, steak is the main meal.

有關今日的晚餐，牛排是主餐。

6 As far as the traffic is concerned, renting a car is recommended when you travel in this city

有關交通方面，在此城市旅行時建議租車。

特別提點

知道怎麼應用 as far as＋sb / sth.＋be concerned 後，以下特別列舉 3 個會被我們誤用的句子，要小心避開這些文法錯誤喲！

- As far I am concerned, his response makes me feel sick.（對我而言，他的回應令我作嘔。）

  ☞ As far as 才能表達就……而言，故應在 I 之前加上 as。

- As far as I concern, his response makes me feel sick.（對我而言，他的回應令我作嘔。）

  👉 As far as sb be concerned 才是正確用法，故應在之後加上 am，並將 concern 改為 concerned。

- As I am concerned, his response makes me feel sick.（對我而言，他的回應令我作嘔。）

  👉 As far as 與 as 在語意上並不對等，故應以 as far as 開頭才能表「就……而言」。

【巨蟹座的由來】

when it comes to

神話人物這樣說

赫拉感念巨蟹的鞠躬盡瘁，將其變為巨蟹座。

Hera: When it comes to Carcinus, I really appreciate its sacrifice.

赫拉：一談到巨蟹，我真的很感念它的犧牲。

圖解文法，一眼就懂

英文中若想針對某個主題加以表達看法或展現態度，經常會以 when it comes to... 來表示。When it comes 在句中的擺放位置有二，一是句首，二是句中，其後可接人、物或動名詞。以上文 When it comes to Carcinus, I really appreciate its sacrifice 為例，Carcinus 就是物。

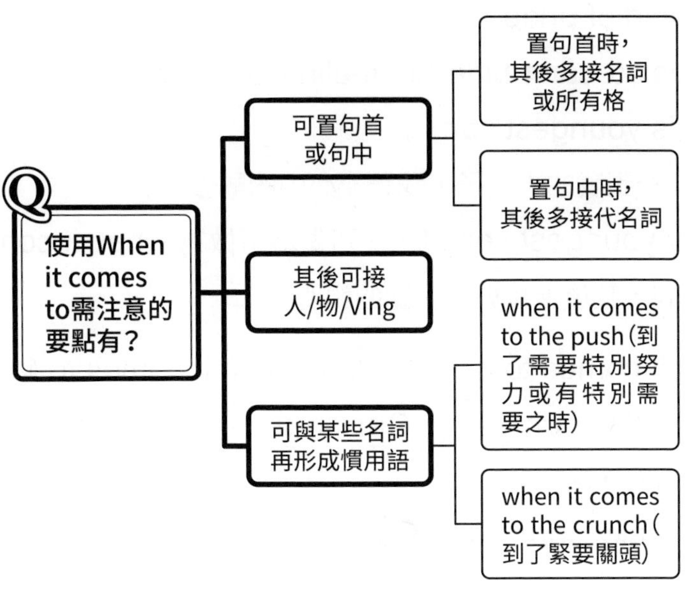

文法概念解析

在英文的談話過程或文章撰寫中，若想針對某個主題加以表達「看法」或展現「態度」，經常會以意為「一談到……」的 when it comes to... 來表示。When it comes 的擺放位置有二，一是句首，意即 When it comes to..., S V，二是句中，也就是 S V when it comes to...。若採前者，由 when it comes to 所引導子句與主要之間需以「逗號」隔開，若採後者則不用。以下依照 to 之後所接名詞類別的不同，可再細分為以下幾類：

❶ When it comes to 人, SV / S V when it comes to 人

例 When it comes to my youngest son, I can't hide my

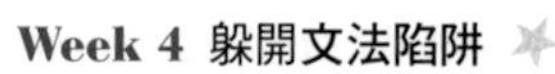

feeling of pride.

=David can't hide his feeling of pride when it comes to his youngest son.

（一談到我的小兒子，我難掩心中的驕傲。）

my youngest son 為人，可做為可做為 when it comes to 的受詞，其後連接與之相關的說明。

❷ When it comes to 物, S V / S V when it comes to 物

例 When it comes to Carcinus, I really appreciate its sacrifice.

=I really appreciate Carcinus' sacrifice when it comes to it.

（一談到巨蟹，我真的很感念它的犧牲。）

Carcinus 是希臘神話中的巨蟹，屬於物，可做為 when it comes to 的受詞，其後連接與之相關的說明。

❸ When it comes to Ving, S V / S V when it comes to Ving

例 When it comes to buying luxury goods, he does allow himself to buy a pair of hand-made leather shoes per year.

=He does allow himself to buy a pair of hand-made leather shoes per year when it comes to buying luxury goods

（一談到購買奢侈品，他允許自己每年購買一雙手工訂製皮鞋。）

☞ buying luxury goods 為動名詞所引導的名詞片語，可做為 when it comes to 的受詞，其後連接與之相關的說明。

除以上三類基本句型外，以下針對 when it comes 的同義詞與搭配用法與進一步舉例說明：

❶ when it comes to＝speaking of

除 when it comes to 外，speaking of 是英文另一種常用來表達「談到……」的句型，兩者其後都可接完整句子。以下進一步舉例說明：

例 Speaking of English to Chinese translation, Jason is second to none in our team.（一談到英翻中，傑森的能力在我們團隊中是首屈一指的。）

❷ When it comes to the crunch

Crunch 除做「嘎吱的咀嚼聲」解外，尚包含「危機」、「艱難情況」、「困難」等語意。因此 when it comes to the crunch 自然就可理解為「到了緊要關頭」，以下進一步舉例說明：

例 Jack is a selfish guy, but always gives me a hand when it comes to the crunch.（傑克是個自私的人，但每到緊要關頭他總是會對我伸出援手。）

例句示範

1 When it comes to his son, Mark can't hide his feeling of joy.

一談到他的兒子，馬克難掩心中的喜悅。

2 When it comes to biotechnology, I'm all thumbs.

一談到生物科技，我可一竅不通。

3 When it comes to doing exercise, basketball is his top choice.

一談到做運動，打籃球是他的首選。

4 Speaking of cake, you can't miss the best seller in this dessert shop.

一談到蛋糕，你絕不能錯過這間甜點店的招牌。

5 Though Ken looks cool, he always gives me a hand when it comes to the crunch.

雖然肯看起來冷漠，但每到緊要關頭他總是對我伸出援手。

6 When it comes to American food, hamburger is the first one that comes into my mind.

一提到美式食物，我第一個想到漢堡。

特別提點

知道怎麼應用 when it comes to 後，以下特別列舉 3 個會被我們誤用的句子，要小心避開這些文法錯誤喲！

- When it comes to math I am all thumbs.（一談到數學，我可一竅不通。）
  - when it comes to 置句首時，其所引導的子句與主要句間應以逗號隔開。

- Sushi is the one that comes to my mind, when it comes Japanese food.（一談到日本料理，我第一個想到壽司。）
  - when it comes to 置句中時，其所引導的子句與主要句間不需要以逗號做分隔。

- When it comes to spend money, she allows herself to buy a pair famous brand high heels per year.（一談到花錢，她允許自己每年買一雙名牌高跟鞋。）
  - when it comes 其後沒有接 to V 的用法，故應將 to spend 改為 spending。

【獅子座的由來】

according to

神話人物這樣說

被海克力士擊殺的巨獅最後成為獅子座。

Heracles: According to Theogony, Nemean lion is a giant monster with thick skin.

海克力士：根據神譜，涅默亞獅子是頭渾身厚皮的巨獸。

圖解文法，一眼就懂

英文中若要表達所依循的「標準」或是「消息來源」為何時，經常會以表「根據…所載／言」或「依據」的 according to 來表示。但需特別注意的是，此標準必須具象，而來源也要能驗證。以上文 According to Theogony, Nemean lion is a giant monster with thick skin 為例，Theogony 是首詩，可讓聽者或讀者去檢視內容。

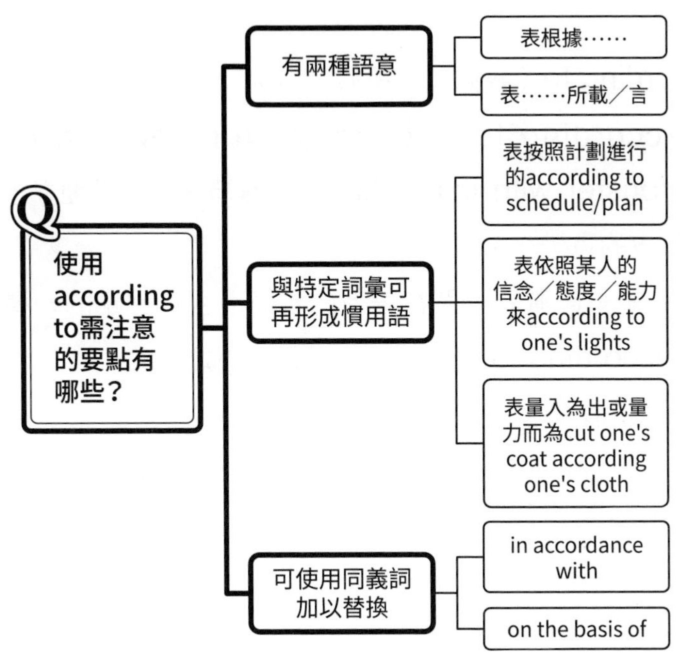

文法概念解析

英文中若要表達說話或文字內容所依循的「標準」或是「消息來源」為何時，經常會以 according to 來表示。according to 的 to 雖然是介系詞，但該片語做「根據……所載／言」解時，其後不能接「受格人稱代名詞」或是單獨 view、point 等「與看法有關」的詞彙連用，而是以書籍、文章、某人言論等做為依據。做「依據……」解時，亦不會以抽象或難以量化之事物為基準。以下針對上述兩種解釋的用法、同義詞及常見搭配用語進一步舉例說明：

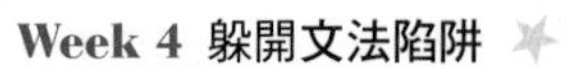

❶ 基本用法

A. according to（根據……所載／言）

例 According to Theogony, Nemean lion is a giant monster with thick skin.（根據神譜，涅默亞獅子是頭渾身厚皮的巨獸。）

☞ 神譜是記載希臘眾神譜系的長詩，視為文章的一種，故可與 according to 連用，做為其後論述之依據。

B. according to（依據）

例 The spare parts will be categorized according to size.（那些備用零件將依尺寸分類。）

☞ 尺寸能夠量化且概念明確，可與 according to 連用，做為其後論述之依據。

❷ 搭配用語

A. according to the schedule / plan

schedule / plan 皆可作「計劃」解，當事情的進行與計畫內容一致，即為按照計畫，故 according to the schedule / plan 可做「按照計劃」解。

例1 As long as everything goes according to the schedule, our new product shall be available in the market from next month.（只要一切皆依照計畫進行，下個月起消費者就能買到我們的新產品了。）

例2 If everything goes according to the plan, this project shall be finished by today.（如果一切進行順利的話，這個案子今天就能結案。）

B. according to one's lights

light 可做「觀點」、或「想法」解，因此 according to one's light 可被引申為「依照某人的信念／態度／能力來……」。

例 We should give Peter a big hand because he does his best according to his lights in this project.（我們應該給彼得掌聲，因為他在這個案子竭盡其力。）

C. cut one's coat according one's cloth

就字面意義來看，此慣用語應為「根據布料多寡來剪裁外套」。此種有多少資源就做多少事的思維，正是所謂的「量入為出」或「量力而為」。

例 Though I like this sports car, I have to cut my coat according to my cloth.（雖然我很喜歡這輛跑車，但我得量力而為。）

❸ 同義詞

A. in accordance with

accordance 為 accord 的名詞型態，意為「依照……」或「與……一致」，依照或與準則一致在概念上與根據某準則無異，故 in accordance with 可解釋為「根據……」。in accordance with 除可做修飾語外，亦可作為主詞補語，以下進一步舉例說明：

例1 Any staff who copies the confidential documents without permission with be fired in accordance with our company regulation.（根據公司規定，任何員工只要未經許可複製機密資料即遭開除。）

☞ in accordance with 所引導的子句在此句的作用為修飾語。

例2 The foundation is established in accordance with Jessica's wish.（這個基金會是依照潔西卡的意願所成立的。）

☞ in accordance with 所引導的子句在此句的作用為主詞補語，對主詞 foundation 進行補充説明。

B. on the basis of

basis 意為「基礎」，以某準則為基礎，概念上等同根據某準則來行事，故可解釋為「根據……」，以下進一步舉例説明：

例 This chair is designed on the basis of ergonomics.（這張椅子是根據人體工學所設計。）

例句示範

1. The guest list will be arranged according to an alphabetical order.

   賓客名單將依字母順序來排序。

2. Though I like the flagship version, I have to cut my coat according to my cloth.

   雖然我喜歡旗艦款，但我還是得量力而為。

3. Sam does his best according to his lights this time, so we shouldn't blame him.

   這次山姆盡力了，所以我們不該苛責他。

特別提點

知道怎麼應用 according to 後，以下特別列舉 3 個會被我們誤用的句子，要小心避開這些文法錯誤喲！

- According to him, the product will hit the market soon.（根據他的預測，此產品很快將會熱銷。）

  ☛ according to 其後不能接受格人稱代名詞，由於其後內容屬於推測，故可改為 his prediction。

- According to their opinions, this device will revolutionize our daily life.（根據他們的看法，這項裝置將徹底改變我們的日常生活。）

  ☛ according to 其後不能單獨接有關看法的詞彙，將其改為 their plans 即可符合文法規則。

- In accordance to ABC Company's regulation, all staff shall wear uniform.（依據 ABC 公司之規範，所有員工均須穿著制服。）

  ☛ In accordance with 才是正確的用法。

【處女座的由來】

regard / take / see / view... as...

神話人物這樣說

處女座被視為女神泊瑟芬的化身。

Zeus: The shape of Virgo is like an angel with a wheat in her hand, so people regard its image as the symbol of purity and harvest.

宙斯：處女座的形狀就像一個手持麥穗的天使，所以人們把它當成純潔與豐收的象徵。

圖解文法，一眼就懂

在與某人事物接觸後，人必然會對其產生認知，無論是正面認知還是負面認知，都能以 S regard / take / see / view O adj / N 或 O be regarded / taken / seen / viewed O adj / N 來表示。以上文 The shape of Virgo is like an angel with a wheat in her hand, so people regard its image as the symbol of purity and harvest 為例，就是運用 regard 來表達人們對於處女座形象的認知。

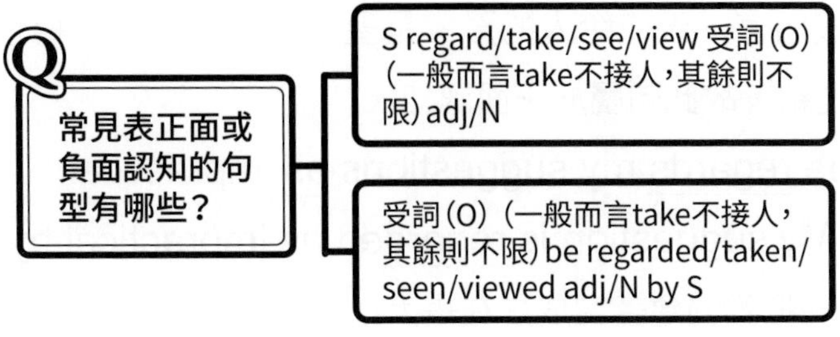

文法概念解析

在與某人事物接觸後，人必然會對其產生認知，無論是正面認知還是負面認知，都能以主詞＋動詞＋受詞＋as＋adj / N 或是被動語態的受詞＋be Ved＋adj＋by 主詞句型表達。以下依照所使用動詞的不同，列舉四種常用句型：

❶ S regard O as adj / N / O be regarded as adj / N

若以 S regard O as adj / N 表認知，意為「把……當成……」，經常用於表達思考後，對人事物所做出的反應。以下針對正面與負面認知各舉一例進一步說明：

例1 The shape of Virgo is like an angel with a wheat in her hand, so people regard its image as the symbol of purity and harvest.

＝The shape of Virgo is like an angel with a wheat in her hand, so the symbol of purity and harvest is regarded as its image by people.（處女座的形狀就像一個手持麥穗的天使，所以人們把它當成為純潔與豐收的象徵。）

☛ 一般而言，天使給人的形象是聖潔的，而作物結穗也能豐收有所連結，故此句屬於正面認知。

例2 Joe regards my suggestions as impractical.

=My suggestion is regarded as impractical by Joe.

（喬把我的建議當成是在畫大餅。）

☛ 與 **例2** 的概念相同，真心的建議通常會有建設性，但對方可能會有相反的解讀，故此句同樣也屬負面認知。

❷ S take O as adj / N / O be taken as adj / N by S

若以 S take O as adj / N 表認知，意為「把……當成……」，在語意上雖與 S regard O asAdj / N 相同，但其受詞一般而言為「事物」，不為人。以下針對正面與負面認知各舉一例進一步說明：

例1 Kevin takes this book as the Bible of geology.

=This book is regarded as the Bible of geology.

（凱文把這本書當成地質學必讀著作。）

☛ 當某領域的著作廣受其相關人員推崇時，自然變成必讀之書，故此句屬於正面認知。

例2 Joe takes my suggestions as nonsense.

=My suggestions are taken as nonsense by Joe.

（喬把我的建議當成是在胡說八道。）

☛ 一般而言，提出建議是為了幫忙對方，但對方不見得會領情。因此本句屬於負面認知。

❸ S see O as adj / N / O be seen as adj / N by S

若以 S see O as adj / N 表認知，意為「把……看作……」，經

常用於表達在觀察之後，對人事物所做出的反應。以下針對正面與負面認知各舉一例進一步說明：

例1 Many people see Dr. Sam as the authority in microsurgery.

＝Dr. Sam is seen as the authority in microsurgery（by many people）[1].

（山姆醫生被看作顯微手術的權威。）

☞ 醫生的天職是給予病患最佳處置，如果醫生醫術特別傑出，自然受到病患推崇，故此句屬於正面認知。

例2 Many users see this reminding function as annoying.

＝This reminding function is seen by many users.

（許多使用者把這個提醒功能看作是種干擾。）

☞ 設計提醒功能本意是要提高使用便利性，但卻弄巧成拙被使用者視為干擾，故此句屬於負面認知。

❹ S view O as adj / N / O be viewed as adj / N

若以 S view O as adj / N 表認知，意為「把…看作…」，由於語意上與 S see O as adj / N 並無明顯差異，兩者可相互替換。以下針對正面與負面認知各舉一例進一步說明：

例1 Many designers see the award as the top honor in the designing industry.

＝The award is seen as the top honor in design

---

1 當主詞為像本例句這樣 many people 表非特定的某群體時，由主動改為被動時，可將其省略。

industry by many designers.

（許多設計師把此獎看作設計產業的至高榮譽。）

☞ 獎項的設立是為了鼓勵從業人員，當從業人員也將其視為至高榮耀，傳達的就是一種正面認知。

例2 Many people view this verification mechanism as redundant.

＝This verification mechanism is seen as redundant by many people.

（許多人把此驗證機制看作多此一舉。）

☞ 驗證是為提高安全性，但若被多數人認為是多此一舉時，傳達的就是一種負面認知。

例句示範

1 Many basketball fans regard Michael Jordan's greatness as timeless.

許多籃球迷把麥可喬丹的偉大當成永恆的代表。

2 Michael Jordan's greatness is regarded as timeless by many basketball fans.

許多籃球迷把麥可喬丹的偉大當成永恆的代表。

3 Many travelers view this cake as a must-buy of this city.

許多遊客將這個蛋糕視為造訪此城市時的必買商品。

特別提點

知道怎麼應用 regard / take / see / view...as...後，以下特別列舉 2 個會被我們誤用的句子，要小心避開這些文法錯誤喲！

- We take Professor Lin as a pioneer in the compound material study.（我們把林教授視為複合材料研究的先驅。）

  ☞ 表認知的受詞為人時，一般不使用 take 做動詞，故可將其 see、view 等具有相似語意的字彙。

- We regard this smart watch a breakthrough in the mobile device.（我們把這只智慧手錶視為行動裝置的一大突破。）

  ☞ 若要以 regard 表達「把……當做……，」，需於 breakthrough 前加上 as。

【天秤座的由來】

take ...for granted

神話人物這樣說

正義女神手持的天平最後成為天秤座。

Lady Justice: Human, don't take happiness for granted. You will lose it soon if you keep using violence.

正義女神：人類啊！別人認為幸福是理所當然的。如果你們再繼續使用暴力，很快就會失去幸福。

圖解文法，一眼就懂

與事物有所接觸後，人會產生認知，當某事的發生很普遍，就很容易將其套用在所有對象上，又或是某事的發生不費吹灰之力，都會使人覺得理所當然，針對此種思維，英文中可採用 take...for granted 表示。以上文 Human, don't take happiness for granted. 為例，就是正義女神提醒人類幸福是爭取來的，不是理所當然的。

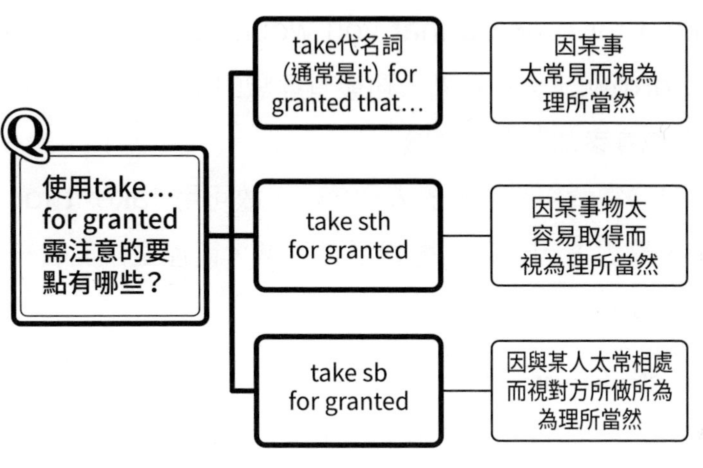

文法概念解析

接續上一單元之有關認知的表達，當某事的發生極其普遍，人們就容易將其一體適用在所有對象上。而當某事的發生不費吹灰之力，久而就之人們也會習慣成自然而不去珍惜。若要在英文中表達上述兩種情況所呈現的邏輯思維，take... for granted 是最常見的句型之一。此句型的 take 表達是「視……為……」，而 granted 是 grant 的過去式，表達「給予」。兩者連用後自然可理解為「某人認為某人事物本來就該屬於自己的」，或是「某事本就該如此」，更簡單地說就是帶有貶意的「理所當然」。依照 take 之後所接受詞的不同，其用法可再細分如下：

❶ S take it for granted that....

例 You are the most experienced sales in this company, so I

take it for granted that you would attend the trade show tomorrow.（你是這間公司最有經驗的業務，所以我理所當然地認為你會參加明天的展覽。）

☞ 展覽通常會讓有經驗的人員參與，故可用 take it for granted 來表達對方因覺得此邏輯稀鬆平常，而產生說話者一定會出席的錯覺。

❷ S take sth for granted

例 Humans, don't take happiness for granted. You will lose it soon if you keep using violence.（人類啊！別人認為幸福是理所當然的。如果你們再繼續使用暴力，很快就會失去幸福。）

☞ 正如中文俗諺「人在福中不知福」所言，身處幸福之中時就不覺其珍貴，故可用 take happiness for granted 來表達把幸福當成「理所當然」。

❸ S take sb for granted

例 When you take each other for granted in a relationship, you had better review the way you two interact before it gets even worse.（談戀愛時如果視對方為理所當然，你最好在關係更加惡化之前檢視彼此的相處模式。）

☞ 情侶在一起久了容易認為對方本來就該為自己做某些事，故可用 take each other for granted 來表達對於另一半的不珍惜。

既有貶意的理所當然，自然然也有褒意的「理所當然」，以下列舉兩個足表此意的片語與 take... for granted 相互對照：

❶ as a matter of course

as 意為「當作……」，matter 可做「事件」解，course 有「固定程序」的意涵，三者相加就可理解為「當作有固定程序的事」。若某人認為某事的發展情況有固定脈絡，自然將其視為「理所當然之事」。以下進一步舉例說明：

例 Safety is always the priority, so I check my car before I go to work as a matter of course.（安全第一，所以我上班前把檢查自己的車子是否有異狀當作理所當然之事。。）

☞ 開車前檢查車況有可降低駕車時的安全性，故可用 as a matter of course 來表達說話者認為此為理所當然之事。

❷ as it ought to be

as 意為「當作」，ought to 指的是「應該……」，因此 as it ought to be 自然就可理解為「把……當作應該……的」，邏輯上也在表達某事的發生「理所當然」，以下進一步舉例說明：

例 Safety is always the priority, so I check my car before I go to work as it ought to be.（安全第一，所以我上班前把檢查自己的車子是否有異狀當成理所當然。）

☞ 說話者認為開車前本來就該檢查車況，故可用 as it ought to be 來表達此事的理所當然。

例句示範

1 I take it for granted that you would attend the meeting tomorrow afternoon.

我理所當然地認為你會參加明天下午的會議。

2 Don't take happiness for granted, or you will lose it soon.

別把幸福當成理所當然，否則你很快就會失去它。

3 If you take your husband or wife for granted, your relationship will get worse and worse.

如果你把自己的先生或太太視為理所當然，那你們的關係會越來越糟。

4 If you take freedom for granted, you will pay for it. .

如果你視自由為理所當然，你會為此付出代價。

5 Not to miss any important e-mail, I check my e-mail box every morning as a matter of course.

為了不要漏掉任何一封重要的電子郵件，我每天把檢查我的電郵信箱當成理所當然之事。

6 We can't afford any unexpected damage, so I check the machine before the operation as it ought to be.

我們承擔不起意外損害，所以我把檢查後才開機當成理所當然。

特別提點

知道怎麼應用 take...for granted 後，以下特別列舉 3 個會被我們誤用的句子，要小心避開這些文法錯誤喲！

- I take that you will attend the party tonight for granted.（我理所當然地認為你會參加今晚的派對。）

  ☞ S take it for granted that 才是正確句型，故需在 take 後加上 it，並將 that 所引導子句移至 for granted 後。形成 I take it for granted that you... 的句型。

- Don't take your friend for grant, or you will ruin your friendship.（別把朋友對你好當成理所當然，否則你會搞砸你們之間的友誼。）

  ☞ Take ...for granted 才是正確用法，故需將 grant 改為 granted。

- If you regard your girlfriend for granted, you may ruin your relationship.（如果你把你的女友當成理所當然，你可能會導致分手。）

  ☞ take...for granted 為固定用法，故需將 regard 改為 take。

【天蠍座的由來】

It seems that

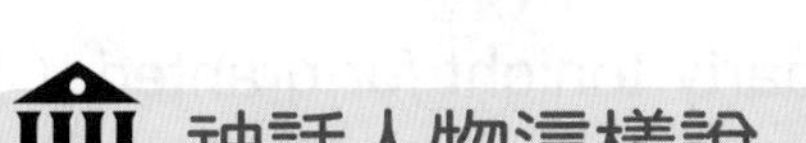

神話人物這樣說

赫拉所派出阻止法厄同的毒蠍最後成為天蠍座。

Hera: It seems that Phaethon won't take my advice, so I have no choice but to send a scorpion to stop him.

赫拉：看起來法厄同似乎不聽我的勸告，所以我只好派出一隻毒蠍來阻止他。

圖解文法，一眼就懂

英文中若要表達「看起來……」，經常會以 it seems that...的強調句型來表示，其後接子句。若變化成 S seems...的句型，其後則加 to V。除 seem 外，look、appear 亦可表「看起來」，差別在 seem 偏主觀、look 重表象，appear 表客觀。以上文 It seems that Phaethon won't take my advice 為例，就是以 seem 來表達赫拉對法厄同行為的主觀判斷。

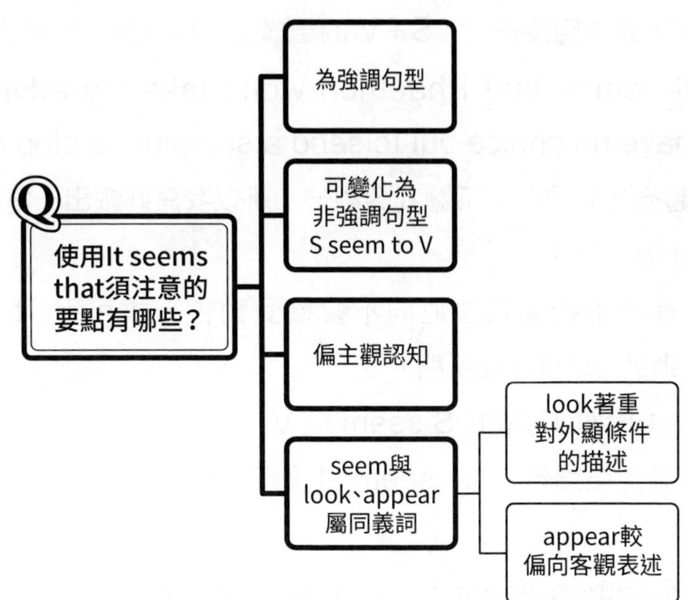

文法概念解析

英文中若要表達「看起來……」或是「似乎……」，經常會以 it seems that...來表示。seem 是連綴動詞，此類動詞屬於沒有動作的動詞，其功用在於連接主詞與主詞補語，以表達「狀態」或「狀態的變化」。以下針對 It seems that 的基本用法與其同義詞進一步舉例說明：

❶ 基本用法

A. 其後接子句

當連綴動詞 seem 與強調句型 it...that...連用時，由於虛主詞 it 是單數，其後應接表單數型的 seems。也因為此句型為「強調

句」，其後應接子句（S+V 的結構），以下進一步舉例説明：

例 It seems that Phaethon won't take my advice, so I have no choice but to send a scorpion to stop him.（看起來法厄同似乎不聽我的勸告，所以我只好派出一隻毒蠍來阻止他。）

☞ 赫拉主觀認定法厄同不會接受勸告，故可用 it seems that...來描述此狀態。

B. 可改為非強調句型的 S seem to V

若不使用強調句型外，seem 其後應加 to V，以下近一步舉例説明：

例 Phaethon doesn't seem to take my advice, so I have no choice but to send a scorpion to stop him（看起來法厄同似乎不聽我的勸告，所以我只好派出一隻毒蠍來阻止他。）

☞ 此句語意與上例相同，差別在於不是使用強調句型，故 seem 其後應加 to take，方可產生「看起來接受…」的語意。

❷ 同義詞比較

廣義而言，連綴動詞中的 seem、appear、look 都可表「看起來……」，但若就修辭面近一步探討，三者在語意上還是有所差異，以下以表格方式針對特性近一步舉例説明：

	基本語意	修辭差異
seem	看起來	較偏向主觀認知
look		與 seem 相近，但更著重對外顯條件的描述
appear		語氣較為正式，偏向客觀事實的表述

例1 It seems that she likes the meal we provide（看起來她很喜歡我們所提供的餐點。）

若以 seem 來表達看起來很喜歡的「看起來」，代表説話者主觀認為食物很合對方胃口。

例2 It looks that she likes the meal we provide（看起來她很喜歡我們所提供的餐點。）

若以 look 來表達看起來很喜歡的「看起來」，代表對方的某些外顯行為使説話者主觀認為食物很合對方胃口。

例3 It appears that she likes the meal we provide（看起來她很喜歡我們所提供的餐點。）

若以 appear 來表達看起來很喜歡的「看起來」，代表説話者根據客觀事實得出出食物很合對方胃口的結論。

例句示範

1 It seems that he wants to cooperate with us.
看起來他想與我們合作。

2 It seems that she doesn't want to be the sponsor this time.
看起來他這次不想出資贊助。

3 It seems that he has no interest in this investment portfolio.
看起來他對此投資組合毫無興趣。

4 He seems to accept our suggestion.

他看起來願意接受我們的建議。

5 He doesn't seem to like the food tonight.

他看起來不喜歡今天晚餐的菜色。

6 She seems to have no interest in this project.

他起來對此計劃興趣缺缺。

特別提點

知道怎麼應用 it seems that...後，以下特別列舉 3 個會被我們誤用的句子，要小心避開這些文法錯誤喲！

- It seem that she likes this design.（看起來他很喜歡這樣的設計。）

  虛主詞 it 為單數，故須將 seem 改為 seems。

- Mary seems that she shows no interest in this course.（瑪莉看起來對此課程興趣缺缺。）

  由於採強調句型，應以 it seems that Mary...的句構來表達。

- Jason seems being tired of being gossiped.（傑森看起來似乎已經受夠遭人閒言閒語。）

S seem to V 才是正確用法，故應將 being 改為 to be。

【射手座的由來】

one... another...、one... the other...、some... others...

神話人物這樣說

希臘多位英雄導師的凱隆最後成為射手座。

Zeus: Chiron is a combination of two creatures. One is human for its upper body, and the other is horse for its lower body.

宙斯：凱隆是由兩種生物所組成。一是其上身的人類，另一則是下身的馬。

圖解文法，一眼就懂

英文中若要描述某範圍內的組成元素，經常會以 one... another...、one... the other...、some... others...來表示。another 可代表剩下部分中的其一或完全獨立的新個體。The other 表達的是總數為二的其中一份。Some...other...則重組成差異而非數量。以上文 One is human for its upper body and the other is horse for its lower body 為例，表達的就是凱隆是兩種生物的綜合體，一是人，另一是馬。

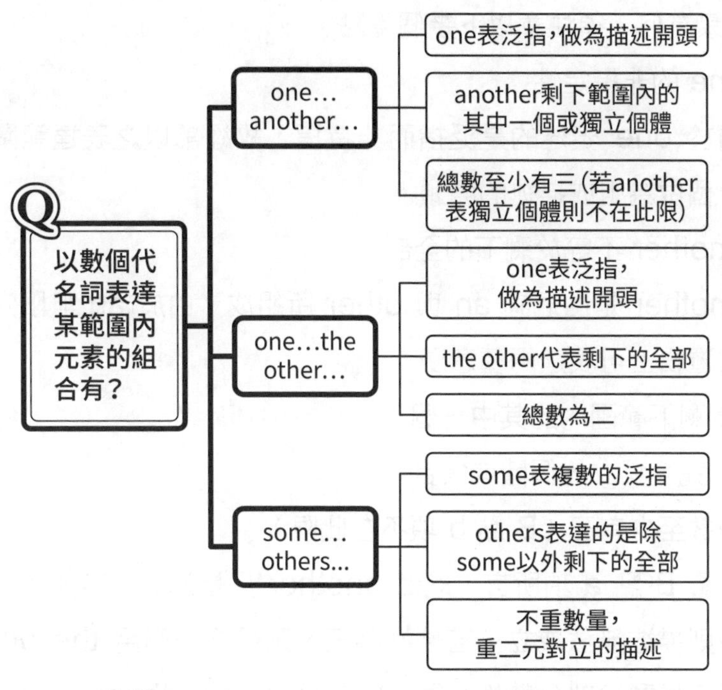

文法概念解析

說明某範圍內的組成元素為何是英文學習中非常重要的一環，但一碰上 other、others、the other、another 這幾個代名詞，就讓許多英文學習者感到頭痛萬分，以下針對 one ...another...、one... the other...以及 some... others...這三組代名詞的搭配用法進一步舉例說明：

❶ one ...another...

one... another...意為「其一……，另一……」，如以之來描述組成元素為何，須注意以下幾個重點：

A. one 的非指定性

由於 one 表達的是泛指而非特指，故經常以之表達範圍中隨意一個做為組成描述的開頭。

B. another 不等於剩下的全部

another 是由冠詞 an 與 other 所組成。由於 an 無限定之意，故邏輯上可表達兩種意涵：

a. 剩下範圍內的其中一個

b. 完全獨立的個體或集合

C. 總數至少有三（B 點 b 項不在此限）

接續 B 點 a 項所言，既然 another 只是部分，若無總數在三以下則描述無法成立。若恰好為三，則最後一個用 the other。超過三且剩餘部分特性相同，該部分以 the others 表示。若不相同，則可繼續使用 another，最後那部分才用 the other。

例1 I have three bags. One is backpack, another is suitcase, and the other is tote.（我有三個包包。一個是後背包，另一個是公事包，剩下那個是托特包。）

☞ 說話者的包包總數為三個，故可用 one 先描述其中一個，以 another 描述另外一個，最後再以 the other 描述剩下那個。

例2 I have four bags. One is backpack, another is suitcase, and the others are handbags.（我有四個包包，一個是後背包，另一個公事包，剩下那兩個是手提包。）

說話者的包包總數為四個，故可用 one 先描述其中一個，以 another 描述另外一個，最後再以 the others 描述剩下那兩個。

例3 After having one sandwich, I eat another because I am still hungry.（吃完一個三明治後，我因為還是很餓，所以又再吃了一個。）

說話者所吃的兩個三明治範圍並不重疊，故可用 one 來描述先吃的那個，another 描述後吃的那個。

❷ one ...the other...

one... another... 意為「其一，剩下的……」，若以之來描述組成元素為何，須注意以下幾個重點：

A. one 的非指定性

同 one...another 的 A 點所述。

B. the other 的概括性

當 one 與 the other 搭配使用時，the other 代表剩下的全部。

C. 總數為二

就計數面向來看，one 的數量等於一，the other 也是一，故 one...the other...的總數為二。

例 Chiron is a combination of two creatures. One is human for its upper body, and the other is horse for its lower body.（凱隆是由兩種生物所組成。一是其上身的人類，另一則是下身的馬。）

根據 a combination of two creatures 可知凱隆是兩種生物的綜合體，故可用 one 描述其中一種，the other 則表達另外一種。

❸ some... others

some...others...意為「有些……，其他的……」，若以之來描述組成元素為何，須注意以下幾個重點：

A. some 的非指定性

some 與 one 同樣表達泛指，差別在於前者表複數，後者表單數。

B. others 的概括性

當 some 與 others 搭配使用時，others 表達的是除 some 以外剩下的全部。

C. 可用於描述二元對立之概念

當與 some...others...描述組成元素時，由於兩者皆表泛指，故重點其實不在數量，而是在特性的差異。

例 Some support this reformation, but others against it.（有些人支持改革，但其他人反對）

☛ some 與 others 表達的都是複數的泛指，因此沒有必要去強調總數，而是要呈現兩者對於改革所抱持的立場不同。

例句示範

1 I have five bags. One is suitcase, another is tote, and the others are backpacks..

我有五個包包。一個是公事包，另一個是托特包，剩下三個是後背包。

2 Some like this flavor so much, while others extremely hate it.

有些人很喜歡這個味道，但也有人非常討厭。

特別提點

知道怎麼應用 one... another...、one... the other...、 some... others... 後，以下特別列舉 2 個會被我們誤用的句子，要小心避開這些文法錯誤喲！

- I have two books in the bag. One is a sci-fi and another is a textbook.（我包包裡有兩本書。一本是科幻小說，另一本是教科書。）

  ☞ 若總數為二，以 one 表達其一後，另一應使用 the other 表示。故應將 another 改為 the other。

- I have three watches. One for formal occasions and the other for sports.（我有三只錶。其中一只正式場合配戴，另外兩只運動時配戴。）

  ☞ 由於總數為三，故應將 the other 改為 the others。

【水瓶座的由來】

cannot（help / choose）but + V.

神話人物這樣說

水瓶座的的形象來自伽倪墨得斯持酒瓶倒酒

Ganymede: Since Zeus uses force to transport me to Mount Olympus, I cannot choose but be the cup-bearer for all gods.

伽倪墨得斯：因為宙斯使用武力將我帶至奧林帕斯山，所以我不得不成為替眾神斟酒的斟酒官。

圖解文法，一眼就懂

英文中若要表達「不得不…」的語氣時，經常會以 cannot（help / choose） but V 的句型來表示，其中 help 表達控制之意，故 cannot help but V 的不得不是因難以自制。而 cannot choose 則代表沒得選擇。以上文 I cannot choose but be the cup-bearer for all gods 為例，表達的就是伽倪墨得斯只能服從宙斯的指示。

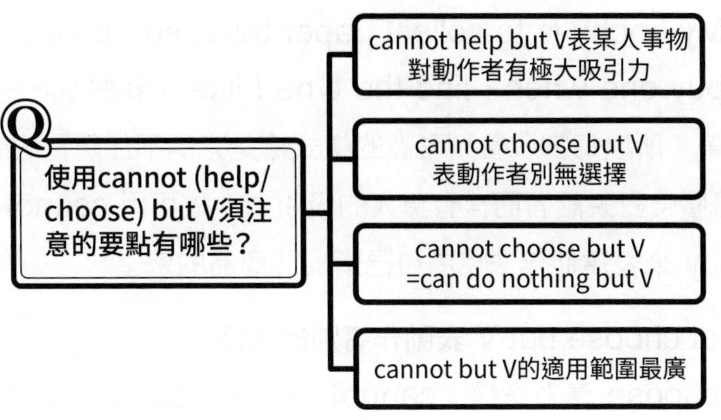

文法概念解析

英文中若要表達「不得不…」的語氣時，經常會以 cannot（help / choose）but V 的句型來表示。此句型雖然包含否定詞 not 與 but，但根據邏輯上「負負得正」的觀念，此句型表達的是動作的「必然性」，以下針對其用法進一步舉例說明：

❶ cannot help but V 表某人事物對動作者有極大吸引力

此處的 help 在語意上並非「幫助」，而是「控制」，因此 cannot help but V 所表達的「不得不」肇因於「難以自制」，因此有時也可做「克制不住」解。以下進一步舉例說明：

例1 Liz's beauty and humor make her the girl you cannot help but love.（麗姿的美貌與幽默使她成為你不得不愛上的女孩。）

☞ 外在與內在兼具的女性人人都愛，故可用 cannot help but love 來表達無論是誰都會喜歡麗姿。

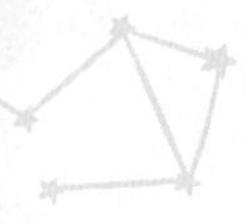

例2 My hobby is to collect paper tape, so I cannot help but buy one when I find the type I like.（我的嗜好是蒐集紙膠帶，所以每當我看到喜歡的樣式總是克制不住購買的慾望。）

☞ 紙膠帶對說話者而言有莫大的吸引力，故可用 cannot help but buy 來表達他無法克制自己購買此商品的慾望。

❷ cannot choose but V 表動作者別無選擇

由於 choose 意為選擇，cannot choose but V 所表達的「不得不」肇因於「除該動作外別無他法」。以下進一步舉例說明：

例1 Since Zeus uses force to transport me to Mount Olympus, I cannot choose but be the cup-bearer for all gods.（因為宙斯使用武力將我帶至奧林帕斯山，所以我不得不成為替眾神斟酒的斟酒官。）

☞ 宙斯是神，伽倪墨得斯是人。神要求人做某事，人很難不照辦，故可用 cannot choose but V 句型來表達伽倪墨得斯別無選擇的窘境。

例2 With a strong typhoon approaching, we cannot choose but postpone our trip.（由於強颱逼近，我們不得不延後這趟旅行。）

☞ 颱風所產生的惡劣天候會使旅行無法順利進行，故可用 cannot choose but V 句型來表達說話者沒得選擇只能將期延後。

❸ cannot choose but V＝can do nothing but V

沒得選擇換個說說法就是「做甚麼都無濟於事」，因此 cannot choose but V 中的 choose 亦可用 do nothing 來代替。以下進一步舉例說明：

例1 All flights are cancelled due to the typhoon, so we can do anything but stay in the airport for one more night.（所有班機都因颱風取消，所以我們不得不在機場多待一晚。）

☞ 班機因天候取消後，乘客做甚麼都不可能使其如期起降，故可用 can do nothing but stay 來描述說話者只能等待的窘境。

例2 All hotels are booked, so we can do nothing but sleep in our car.（所有的旅館都被訂滿了，所以我們不得不睡車上。）

☞ 由於沒有任何一間旅館還有空房，故可用 can do nothing but sleep in our car 來描述說話者一行人今晚無落腳之處的窘境。

❹ cannot but V 的適用範圍最廣

cannot but V 是本單元所說明表「不得不……」語氣最簡潔的句型，由於省略了 help 或 choose，因此其描述重點通常只放在動作的必然性上，而不細究其背後的原因，以下進一步舉例說明：

例1 This material is too expensive, so we cannot but find the alternative.（這個材料太貴，所以我們不得不尋找替代品。）

☞ 做生意就必須考量成本，因此可用 cannot but find the alternative 來表達必須忍痛放棄該種材料。

例2 Danny's behavior is too funny, so we cannot but laugh at him.（丹尼的行為實在太滑稽了，所以我們忍不住嘲笑他。）

人遭遇到好笑的事情很難沒有情緒反應，故可用 cannot but laugh at 來表達想放聲大笑的衝動。

例句示範

1 All restaurants are closed, so we cannot choose but go to the convenient store to grab something to eat.
所有餐廳都關了，所以我們沒得選擇只得到便利商店找點東西吃。

2 My younger sister is a shopaholic, so she cannot help but spend money.
我妹是個購物狂，所以她無法克制自己想花錢的衝動。

3 Liz is charming and kind, so I cannot help but like her.
麗姿迷人又親切，所以我很難不喜歡她。

4 Since I miss the last bus, I can do nothing but find a hotel tonight.
因為我錯過末班車，所以今晚我不得不找間旅館投宿。

5 Since the landowner raises the rent, we cannot but move our shop to other place.
因為地主提高租金，所以我們不得不搬遷店面。

6 Sam's awkward behavior makes us cannot but laugh at her.
山姆的笨拙動作讓我們忍不住笑他。

特別提點

知道怎麼應用 cannot（help / choose）but＋V 後，以下特別列舉 2 個會被我們誤用的句子，要小心避開這些文法錯誤喲！

- This drink is too tasty, so I cannot help but drinking one after another.（這個飲料太好喝了，所以我喝了一杯之後忍不住又再喝一杯。）

  ☞ cannot help but 其後應接原形動詞 V，故應將 drinking 改為 drink.

- I am the concrete fan of this brand, so I cannot do nothing but buy their latest items every season.（我是這個品牌的死忠粉絲，所以每季都會忍不住購買他們所推出的最新商品。）

  ☞ Nothing 是否定詞，故應將 cannot do nothing but 改為 can do nothing but 才能表達「不得不」之意。

【酒神的故事】

cannot help + V.ing

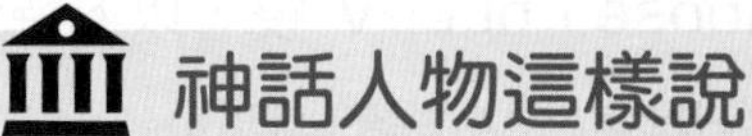

神話人物這樣說

為躲避赫拉的追殺，酒神只得四處流浪。

Dionysus: To escape Hera's assassination, I cannot help wandering in the places that few know.

戴歐尼修斯：為了躲避赫拉的暗殺，我不得不在罕為人知的地方流浪。

圖解文法，一眼就懂

英文中若要表達「不得不…」的語氣，**cannot help Ving** 為常見句型之一。此句型在邏輯上為單一否定，且通常無關責任或義務，在語意上等同 have no choice / option / alternative but to V。以上文 To escape Hera's assassination, I cannot help wandering in the places that few know 為例，表達的就是酒神無可避免地必須終日漂泊以確保生命安全不受威脅。

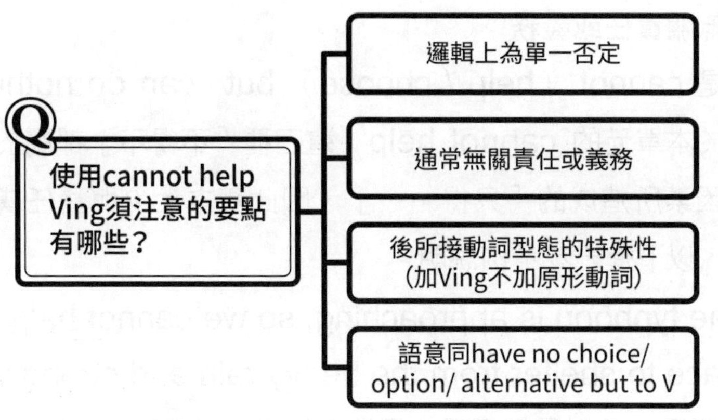

文法概念解析

英文中若要表達「不得不……」的語氣，除上一單元所說明的 cannot（help / choose）but 與 can do nothing but V 外，cannot help Ving 另一常見句型。以下針對其用法進一步舉例說明：

❶ 邏輯上為單一否定

相較於 cannot but 的雙重否定，cannot help 以單一否定的「無法控制…」或「無法避免…」做為核心思維來表達「不得不」。以下進一步舉例說明：

例 To escape Hera's assassination, I cannot help wandering in the places that few know.（為了躲避赫拉的暗殺，我不得不在罕為人知的地方流浪。）

☞ 當行蹤不容易被掌握，就越不可能被暗殺，故可用 cannot help wandering 來表達戴歐尼修斯無可避免地必須四處漂泊。

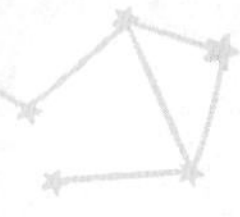

❷ 通常無關責任或義務

無論是 cannot （help / choose） but、can do nothing but，乃至於本單元的 cannot help，這三種「不得不」都屬於因自身或外在因素所造成的「只得……」，因此基本上少與責任或義務有所關聯，以下進一步舉例說明：

例 The typhoon is approaching, so we cannot help finding a place to shelter from the heavy rain and strong wind.（颱風來襲，所以我們不得找個地方躲避強風豪雨。）

☞ 颱風使説話者一行人只得找地方躲避，故可用 cannot help finding 來此種受外在因素所影響的「不得不」。

補充：若要表達與責任或義務有關的不得不，have got to 是常見的句型之一，以下進一步舉例說明：

例 The project is behind schedule, so I have got to go to work this weekend in case I fail to finish it in time.（由於專案的進度落後，我不得不本周末進公司加班，以免無法及時完成此案。）

☞ 工作進度落後使説話者「非得」周末加班，故可用 have got to 來描述此種與「責任」有關的「不得不」。

❸ 其後所接動詞型態的特殊性

有別於 cannot（help / choose）but 與 can do nothing but 其後接原形動詞，cannot help 其後接的是動名詞。以下進一步舉例說明：

例 The last train has left, so I cannot help finding a hotel to live tonight.（末班火車已經駛離，所以我今晚不得不找間旅館投宿。）

☞ cannot help 其後加 Ving，故此具應以 cannot help finding 來表達「不得不找……」之意。

❹ 語意同 have no choice / option / alternative but to V

除前一單元與本單元列出之句型外，同表「不得不」句型尚有 have no choice / option / alternative but。此句型中的 choice、option 意為「選項」，alternative 則做「替代方案」解，因此可採用「no+名詞」的思維來表達動作者其實「別無選擇」。以下進一步舉例說明：

例 The strike paralyzes the export and import of the harbor, so I have no choice but to ship the product by air transportation.（罷工癱瘓了碼頭的進出口，所以我不得不改用空運把貨品寄出。）

☞ have no choice but 其後應將 to V，故可用 have no choice but to ship by air transportation 來表達只能改採空運。

例句示範

1 The price of this machine is too high, so I cannot help looking for the similar type.

這台機器的價格太高，所以我不得不尋找類似機型來替代。

2 All flights today are cancelled due to this typhoon, so I cannot help staying in Hong Kong for one more night.

今日所有班機皆因颱風而取消，因此我不得不在香港多待一晚。

3 My smartphone was broken last night, so I have no option but to buy a new one today.

我的智慧型手機昨晚壞了，所以我今天不得不去買一支新的。

4 Only this shop sells the part I need in urgent, so I have no alternative but to accept its higher selling price.

只有這間店有賣我急需的零件，所以我不得不接受其售價較高一事。

5 The railway is paralyzed after the earthquake, so I have no choice but to take the bus instead.

鐵路在地震後完全中斷，所以我不得不改搭巴士。

特別提點

知道怎麼應用 cannot help Ving 後，以下特別列舉 3 個會被我們誤用的句子，要小心避開這些文法錯誤喲！

- This hamburger is so delicious, so I cannot help to eat one after another.（這個漢堡太好吃了，所以我吃完一個後忍不住再吃一個。）

  ☛ cannot help 其後應加 Ving，故應將 to eat 改為 eating。

- All restaurants are closed, so we have no choice but cook something by ourselves.（所有餐廳都關了，所以我們不得不自己煮點東西來吃。）

  ☞ have no choice but 其後應接不定詞，故應將 cook 改為 to cook。

- All coffee shops are closed at this moment, so I not have choice but to buy one in a convenient store.（現在這個時間點所有咖啡店都關了，所以我不得不去超商買。）

  ☞ 應將 not have choice but 改為 have no choice but 才是正確用法。

【醫神的故事】

stop / keep / prevent... from + V.ing

神話人物這樣說

醫神高明的醫術能使因病將死之人痊癒。

Asclepius: Even if you are suffering from serious illness, I can stop your conditions from getting worse and even help you to recover in a short time.

阿伊斯古拉普：即使你已病入膏肓，我有辦法阻止病情不再惡化，甚至還能讓你很快痊癒。

圖解文法，一眼就懂

英文中若要表達「阻止某人做……」或是「會防礙某人……」，經常會以 S stop / keep / preventO from＋Ving 的句型來表示。此句型的主詞可以為人、事物、原因、方法等，受詞則可為人或事物。以上文 Even you are suffering from serious illness, I can stop your conditions from getting worse... 為例，表達就是你生再嚴重的病我也有辦法控制病情。

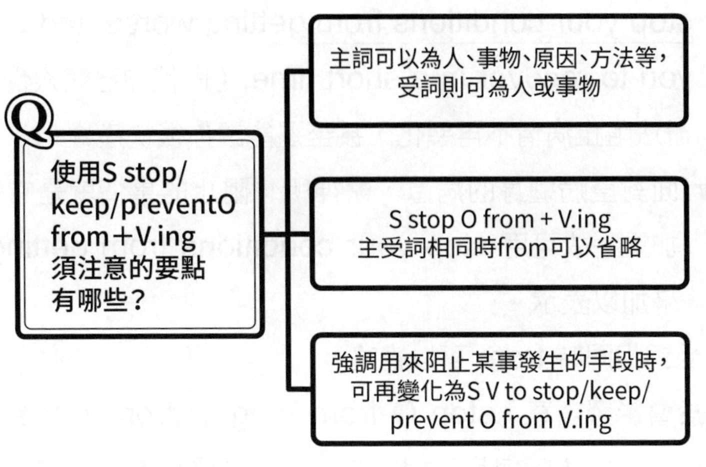

文法概念解析

英文中若要表達「阻止某人做…」或是「會防礙某人……」，經常會以 S（可為人、事物、原因、方法）stop / keep / prevent O（人／事物）from＋Ving 的句型來表示。故以下針對其用法進一步舉例說明：

❶ stop O from Ving

A. stop Ving 與 stop from Ving 的差別

stop 其後若接 Ving，意為「停止做……」，若 stop 之後加上表「免除」的介係詞 from 後，表達的是「阻止……」或「妨礙……」。另外值得注意的是，此處的 from 除下列 b 點的情況外，均不可省略。以下進一步舉例說明：

例 Even if you are suffering from serious illness, I can

stop your conditions from getting worse and even help you to recover in a short time.（即使你已病入膏肓，我有辦法阻止病情不再惡化，甚至還能讓你很快痊癒。）

☛ 面對重病纏身的病患，醫神所想阻止的事情就是它們的病情加重，故可用 stop your conditions from getting worse 來加以表示。

B. 主受詞相同時 from 可以省略

由於會影響語意，stop O from Ving 的 from 在多數情況不得省略。但當主詞與受詞相同時，因為在邏輯上表達的是「阻止自己做……」，概念無異「停止做……」，故可將 from 省略。以下進一步舉例說明：

例 Hearing this funny news, I can't stop myself laughing.（聽到這個有趣的消息，我忍不住大笑。）

☛ 本句主詞 I，受詞為 myself，意即說話者所阻止的對象是他自己，因此可將 from 省略。

❷ keep O from Ving

keep Ving 意為「持續做……」，若於其後加上表「免除」的介系詞 from，兩者可產生「使……持續不……」的語意，邏輯上等同「阻止……」或「妨礙……」。以下進一步舉例說明：

例 The heavy rain keeps us from going out.（這場大雨妨礙我們外出。）

☛ 說話者一行人想於此刻外出，但大雨讓此事無法進行，故可用 keep us from going out 來表達受阻之意。

❸ prevent O from Ving

prevent 意為「防止」或「預防」，其後加上表「免除」的介係詞 from 後，表達的是「阻止……」或「妨礙……」。以下進一步舉例說明：

例 The new regulation prevents the food manufacturers from adding illegal ingredients to their products.（新法規禁止食品製造商在產品中摻雜違法成分。）

☞ 食品添加物的規範過去可能比較寬鬆，但新法規已嚴格把關，故可用 prevent...from Ving 句型來表達阻止之意。

❹ S V to stop / keep / prevent from Ving

若要強調用來阻止某事發生的手段為何，可將 S stop / keep / prevent O from Ving 變化為 S V to stop / keep / prevent O from Ving。以下進一步舉例說明：

例 I set a build-in lock in my drawer to stop people from opening it.（我在我的抽屜內加裝暗鎖防止有人試圖打開它。）

☞ 裝暗鎖是說話者不讓別人開自己抽屜的手段，可用 S V to stop...from Ving 來表示

例句示範

1 With this waterproof gel, you can stop the roof from leaking.

使用這款防水膠後，你家的屋頂就不會再漏水。

2 Install this software, and you can stop your mailbox from being flooded by junk mails.

安裝這個軟體，然後就可讓你的信箱不再被垃圾郵件塞爆。

3 The new act stops car manufactures from submitting false fuel consumption figures to the authority concerned.

新法案可防止汽車製造商遞交假油耗數據給有關當局。

4 The lack of experience might keep Mary from winning this occupation.

缺乏經驗可能會影響瑪莉錄取新工作。

5 I strengthen the frame of this umbrella to prevent it from breaking in such a windy day.

我強化這把傘的傘骨來防止它在這樣風大的天氣中被吹斷。

6 I set a password to stop others from using my computer.

我設定密碼以防止別人使用我的電腦。

特別提點

知道怎麼應用 stop / keep / prevent... from＋V.ing 後，以下特別列舉 3 個會被我們誤用的句子，要小心避開這些文法錯誤喲！

- The heavy rain stops us from go out.（大雨妨礙我們外出。）
  - stop O from Ving 才是正確用法，故應將 go 改為 going。
- With this checking list in hand, I can stop Mary missing any details.（有了這張檢查表，我可以防止瑪莉遺漏任何事項。）
  - S stop o from Ving 只有在主受詞相同時才能省略 from，故此句應將 from 補回。
- The lack of experience may keep Mark getting this job.（經驗不足可能會妨礙馬克錄取新工作）
  - S keep O from Ving 不可省，故應將 from 補回才是正確用法。

文法/生活英語 004

圖解式英文中級文法：看希臘神話，4 週文法速成

作　　者　邱佳翔
發 行 人　周瑞德
執行總監　齊心瑀
行銷經理　楊景輝
企劃編輯　魏于婷
執行編輯　饒美君
校　　對　編輯部
封面構成　高鍾琪
內頁構成　菩薩蠻數位文化有限公司
印　　製　大亞彩色印刷製版股份有限公司
初　　版　2017 年 8 月
定　　價　新台幣 369 元
出　　版　倍斯特出版事業有限公司
電　　話　(02) 2351-2007
傳　　真　(02) 2351-0887
地　　址　100 台北市中正區福州街 1 號 10 樓之 2
E-mail　best.books.service@gmail.com
網　　址　www.bestbookstw.com

港澳地區總經銷　泛華發行代理有限公司
地　　　　址　香港新界將軍澳工業邨駿昌街 7 號 2 樓
電　　　　話　(852) 2798-2323
傳　　　　真　(852) 2796-5471

國家圖書館出版品預行編目(CIP)資料

圖解式英文中級文法 : 看希臘神話, 4 週文法速成 / 邱佳翔著. -- 初版. -- 臺北市 : 倍斯特, 2017.08 面 ; 公分. --(文法/生活英語 ; 4)
ISBN 978-986-94428-9-3(平裝)
1.英語 2.語法
805.16　　　106010875